兄妹奴隷誕生 暴虐の強制女体化調教

柚木郁人

Madonna Mate

目次

contents

兄妹奴隷誕生

暴虐の強制女体化調教

第一章　妹の芳しい木綿のパンティ

1

教室に中年女教師の遠藤《えんどう》の声が響いた。

ここは私立白鷗《はくおう》学園。北関東でも有名な進学校である。訳あって一クラス制を採用していた。

五月半ばの風がカーテンを揺らして、半袖のセーラー服とワイシャツに身を包んだ少年少女たちの頬を撫でていた。

渡里雅春《わたりまさはる》は教師が詩を朗読する声に耳を傾けていた。

教師はこの詩人をいたく気に入っているらしく、すでに何度も引用していた。雅春たちがそれを初めて聞いたのは、この学校に転校してきた中学二年生の冬の頃のことだった。

「……」

教室が妙な静けさに包まれた。

雅春は教室をそっと見渡した。

隣の席には妹の寿々花《すずか》がいる。妹と同学年なのは、雅春が四月生まれ、寿々花が三月生まれだからである。

寿々花は下唇を噛みしめたような顔をしている。怒るときの癖だった。それにしても、兄の欲目抜きにしても妹はかなりの美少女である。東京の山の手出身らしく、どこか大人びた気品があった。この学園の野暮《やぼ》ったいセーラー服を着ていてもそれが損なわれることはなかった。

それにくらべ、雅春は女子のような柔らかそうな頬をしていて、寿々花をより穏やかにしたような女顔だった。そのため、原宿あたりを歩こうものなら、たちまちモデルに勧誘されるのだった。

寿々花は雅春の視線に気づくと、わざとそっぽを向いた。

（寿々花のやつ、やっぱり家に帰りたいんだろうな。ここは東京にくらべたら何もな

い町だから……でも、僕に怒るのは筋違いというものだ）

雅春は心のなかで毒づきながらクラスメイトたちを眺めた。

どこからか含み笑いが聞こえてきた。

どうやらその中心はリーダー格の湯舟玲央奈《ゆふねれおな》らしい。

彼女は金髪のボブヘアで、真っ赤な口紅を塗っていた。確かに東京ではよく見かけるスタイルだが、洲崎《すざき》市では時代錯誤の印象を拭《ぬぐ》えなかった。それでもたいそうな美少女であることには変わりがなかった。やや目元に険があるのも、雅春は怖気づいてしまうが、見る人が見れば美点になるのかもしれない。

そして、雅春はそれまで意図的に避けていた一人の少女に視線を移した。

彼女は廊下側の前列に座っているので、ここからは背中しか見えなかった。

それでもすぐに顔を思い浮かべることができた。

彫りが深く大きな目が特徴的だった。だが、その目には影が宿っている。それがどうしようもなく雅春の心をざわつかせるのだった。身近に美少女の寿々花を見て育った雅春は他の女子を可愛いと思うことは稀《まれ》である。それでも、転校初日に彼女を見た瞬間、雷で打たれたかのような衝撃を受けた。

彼女の名は刈谷里桜《かりやりお》。

身長百五十四センチ、体重四十三キロ。

スリーサイズは上から七十九、五十六、八十二センチ。

詳細を知っていたのは、それはクラスメイトのあいだで公然の事実になっているからである。洲崎市でも絶対的な権力を持っている輿水滋雄《こしみずしげお》の家に囲われていることも。輿水という男はここ洲崎市だけでなく日本国内、あるいは外国にまでコネクションをもつフィクサーで有名だった。

雅春は転校初日の出来事を思い出し、つい股間を熱くしてしまった。

なんと里桜は授業中にお漏らしをしたのだ。

クラスメイトの前で粗相をしてしまった思春期の少女の悲しみと絶望感を考えると、今もいたたまれない気持ちになった。それにしても教師の里桜への冷淡な態度は許せないものがあるが、クラスメイトたちは冷たいものだった。

雅春と寿々花だけが反抗心をもっていた。

しかし、里桜の震える肩を見ていると、とたんに血液が股間に集中するのをどうすることもできなかった。

（くそ！　こんなことで勃起するなんて、僕はなんて卑しい人間なんだ）

雅春は拳を固く握りしめた。

そのときだった。

ブリッーッ！

ひときわ大きな破裂音が響いた。

里桜の背中が小刻みに震えていた。

ブリ、ブリ、ブリブリーーッ!!

けたたましい音は生徒たちをたちまち凍りつかせた。

すかさず玲央奈が声をあげた。

「くっさーい。里桜がウンチ漏らしたわよ！」

「あああぁッ！」

里桜は顔を覆って泣き出した。

女子の歓喜に満ちた悲鳴と罵倒がそれに続いた。周りの者は里桜から慌てて机を離した。

一方、男子たちは熱い視線を注いでいる。

椅子からはボタボタと醜い塊《かたまり》が落ちてきた。

そのとき、寿々花が立ち上がって凜とした声で言った。

「先生、彼女を保健室に連れていきます」

寿々花は机の間を縫って里桜に近づいていった。だが、玲央奈のそばをすり抜けようとしたとき、誰かに手首を摑まれた。

「何？」

「出しゃばるんじゃないわよ」

「……」

寿々花は玲央奈を睨みつけた。

玲央奈もそれに負けじと立ち上がった。身長は寿々花より数センチ高く、百六十五センチ前後はありそうだ。

「あたしが連れていくわ。転校生には世話はできないと思いますので」

玲央奈が訴えると、遠藤は二人を見くらべた。

「……じゃあ、玲央奈さんに任せようかしら。渡里さんは後片付けをお願いね」

大げさに便の臭いに顔を顰《しか》めながら下卑《げび》た嗤いを浮かべた。

雅春の位置からは寿々花の顔は見えなかったが、血が出るほど唇を嚙みしめていたことだろう。

2

夜の九時もすぎると国道を走るバイクのうるさい音が響いてきた。

雅春と寿々花は洲崎市の郊外にある大谷《おおたに》家に身を寄せていた。

大谷夫妻とは親族関係ではないが、雅春の義父の依頼により二人を預かることになったのだ。東京では高級住宅で暮らし個室を持っていた二人にとって、狭い六畳間は息苦しいものだった。さすがに部屋の中央に仕切りが設《もう》けられたが、薄っぺらいカーテンでは何もかも筒抜けだった。

妹の怒りがカーテン越しにも伝わってきた。

「寿々花……今日さ」

「何よ！」

雅春が話しかけると、案の定、寿々花は機嫌が悪かった。

小学生の頃はあれほど慕ってきたというのに、最近ではろくに会話もなかった。口を開けば、「たった十一カ月早く生まれただけで兄貴面《づら》しないで」とか「兄貴はお子様でいいわね」とか嫌味を言う始末だった。

しかし、雅春は母親が死ぬ直前に残した「寿々花をよろしく」という言葉を愚直なまでに守りつづけていた。

「あのさ、五時間目のことだけど……」

「……」

「あれは偉いと思った」

「……兄貴ぶらないでよ。私たちは同級生なんだから」

寿々花の声は震えていた。

雅春は妹がこの地に恐怖心を抱いていることを知っていた。

それは二人が大谷家に身を寄せることになった原因と関係していた。

二人の実の父親は十年前に亡くなっている。それでも、東京の一等地にテナントビルを所有していたため、母親とともに何不自由なく過ごすことができた。転機となったのは、母親が五年前に再婚したときだった。相手は渡里誠一《わたりせいいち》という青年実業家で、都内に数店舗もイタリア料理店を展開しているやり手だった。

子供好きを自称していたが、雅春も寿々花も渡里という男が気に入らなかった。

渡里は母親が見ていないところで暴君ぶりを発揮した。例えば雅春を「女々《めめ》しい」と馬鹿にして、坊主を強制したことがある。その反動で雅春は耳が隠れるくらいまで髪を伸ばすようになった。

また、寿々花を好色な目で見ることも憚《はばか》らなかった。寿々花は二人きりにならぬよう警戒し、躱《かわ》し方を覚えたのか、中学に上がる頃には雅春を頼ることはなくなった。

なぜ母親はそんな男と結婚したのか。それは、再婚前に癌を宣告され、五年生存率が絶望的だと言われていたため、事を急いだのだ。祖父母は早くに他界しているので頼れる親族もいないため、少しでも条件のいい男を見つけ子供たちを託すつもりだったらしい。

しかし、蓋を開けてみれば、青年実業家とは名ばかりで、飲食店の経営は火の車だった。唯一の救いはその事実を知らずに母親が他界したことだった。葬式の当日には取り立て屋がやってきて香典まで奪っていった。

それでも自宅は残り何とかそこで暮らすことはできたのだが、今年になってついに出ていかざるをえなくなってしまったのである。義父の債権を取りまとめる男の差し金で、いわば人質として二人は洲崎市へと送られたのだった。

その男こそ輿水である。

「早く家に帰りたいね」

雅春は会話を続けた。

「……私は帰りたくない」

「え？」

「でも、ここに居たいわけでもない。早く大人になって、自活できるようになりたい」

早く大人になりたい。それは寿々花の口癖になっていた。

再び沈黙が訪れた。

今度は、寿々花のほうから話しかけてきた。

「ねぇ、もしかして、あの子のことが気になるの？」

「……誰のこと？」

雅春はわかっていながらあえて尋ねた。すると予想どおり不機嫌な声が返ってきた。

「刈谷里桜さんのことよ！　お願いだからやめてね。気持ちが悪いから」

「何でそんなこと言うんだよ……」

「兄貴は男だからわからないんだよ」

「……何を？」

雅春は語気を強めた。

「言えるわけないわ。あんなこと……」

沈黙が続いた。

昔は寿々花とのあいだに隠し事は何もなかった。

だが、今は寿々花が何を考えているのかよくわからなくなってきた。

ただ、ひとつ言えるのは妹が里桜を恐れ嫌悪し憐《あわ》れんでいることだ。できる限り里桜のことを見ないようにしてトイレも下級生の階で使っていたし、同じ空間にいることを極力避けていた。女子更衣室でいっしょに着替えるのも嫌悪していたくらいだ。

寿々花は里桜に自分を重ね合わせているからにちがいない。そして、この町を憎んでいた。

雅春は妹にどんな言葉をかけていいのかとっさに思いつかなかった。二人とも口にしなかったが、義父が借金を踏み倒せば、寿々花が輿水家に送られるのは明白だったからだ。

雅春が自分の無力感を噛みしめていると、一階から大谷夫人の声が聞こえてきた。

「湯が沸いたよ。さっさと入っちまいな」

「……先に入るよ」

寿々花はそう言って簞笥《たんす》から下着を取り出しているようだった。それから部屋を出ていった。

「はぁ……うまくいかないなぁ……」

簡易ベッドに倒れ込んで雅春は溜息をついた。

そのとき前触れもなく勃起があった。

考えないようにしても里桜の痴態が目に浮かんでしまう。

あのとき里桜のスカートからはボトボトと軟便がこぼれ落ちていた。そして、白い太腿や膝裏にツーッと液体が滴り落ちた。

スカートの生地はお尻に貼りつき、尻の谷間さえもわかるほど密着していた。

それに、何と言っても芳醇な臭いが強烈だった。

そうした記憶が一気に蘇《よみがえ》った。

自慰をしたい欲求に駆られたが、雅春はそれを振り払うように身を起こした。

「ダメだ！」

だが、どうしても性的なイメージが浮かんできてしまう。中学生になって自慰を覚えてからと言うもの、自分がどんどん穢れていくような気がする。

みんなやっていることだ。そうやって自分に言い訳したとき、一つの出来事を思い出した。

転校してきたばかりの頃、粗暴な同級生が寿々花のことを好きになった。

しかし、田舎者の男子になど見向きもしない寿々花に男子たちの恨みは募った。そして攻撃対象となったのは、雅春だった。男子トイレに連れ込まれてリンチされたのだ。その際、リーダー格がこのまま毎日殴られるか、寿々花のパンティを持ってくるかどちらか選べと言ってきた。悩みぬいたあげく、妹のパンティを差し出すことを選んだ。

「なに泣きそうな顔しているのよ？」

妹が急に現れたので、雅春は驚いて素っ頓狂な声をあげた。

「何でもないよ！」

「あ、そう。お風呂どうぞ」

雅春は逃げるようにして部屋を立ち去った。

脱衣所で着替えていると、ふと洗濯カゴが気になった。積み重なった衣服の下に木綿のパンティがあった。心臓の高鳴りを感じながらそのパンティを手に取った。指が震えていた。白いクロッチに黄色い染みがついていた。それはまだ乾いておらず微かに湿っていた。よく見ると粘液が鈍く光っている。

（僕はいったい何をしてるんだ！）

慌てて妹のパンティを元に戻すと雅春は風呂に入った。

そして当然のごとく勃起した肉棒を擦りまくり、白濁液を吐き出した。

これが大谷家での最後の射精となった。

3

翌朝、二人が家を出ようとしたとき、黒服の男たちが侵入してきた。

大谷夫妻は薄ら笑いを浮かべて眺めているだけだった。

男たちは寿々花の箪笥を無遠慮に開けると、下着や制服、体操服、スクール水着、レオタード、さらには学生鞄や教科書にいたるまで次々と段ボール箱に投げ入れていった。寿々花は何度も悲鳴をあげたが取り合ってはくれなかった。

その後、二人は高級車に別々に乗せられた。途中、白鷗学園の前を通りかかった。クラスメイトたちが笑いながら登校する姿が目に入った。

車はそのまま国道を進んだ。周辺には小さな田畑がいくつも点在していた。民家はことごとく寂《さび》れて見えた。町は廃れていた。しかし、山に入っていくと国道よりも整備された道が現れた。木々のトンネルを抜けると広大な敷地の邸宅が見えてきた。あの輿水の屋敷であることはすぐにわかった。

高い塀に囲まれ、入り口のゲートには警備員のいる詰め所があった。

中に入ると薔薇が咲き誇る洋式庭園の奥に白亜の洋館があった。以前、母親と駒場公園にある旧前田侯爵《まえだこうしゃく》邸に行ったことがあるが、輿水の屋敷はその倍くらいもある大きさの建物だった。

車は重厚なアーチを構えた車寄せで停車した。

ポーチには赤い絨毯《じゅうたん》が敷かれ、左右には奇妙な格好をした二十人近くの女たちが並んでいた。年の頃は十歳前後から四十代までいるだろうか。みな一様に黒いメイド服に白いフリル付きのエプロンを着けていた。ただし、スカートは股下数センチのマイクロミニという代物で、これでは少し動いただけでパンティが見えてしまうだろう。胸元もくり抜かれ、乳房の谷間が丸見えになっていた。さらに異様なのは黒い布の目隠しだった。まずは先に到着した雅春から外に押し出された。

「お嬢様、ようこそおいでくださいました」

メイドたちがそう言って深く頭を下げると臀部の丸みが露出した。

雅春が啞然とした次の瞬間、後続車から降りた寿々花の呻き声が聞こえた。

妹も二人の黒服に挟まれていた。

「嫌よ、嫌！　こんなところに来たくないわ！」

「寿々花から手を離せ！」

雅春は必死に抵抗したが、男たちに引き摺られていった。

何人かのメイドと目が合ったが、その口元は残忍に歪んでいた。

（ああ……僕の日用品が運び出されなかったのは妹が狙いだからだ。里桜ちゃんもきっと屋敷ではこんな恥ずかしい格好をさせられていたんだ……許せない）

気を抜くと不安と恐怖に呑み込まれそうになる。それを隠すように、少年は怒りの炎を燃やした。

（僕が寿々花を守らないと！　絶対に守るんだ！　里桜ちゃんも僕が助け出してみせる！）

やがて屋敷に連れていかれると、二階まで吹き抜けになっている玄関ホールが広がっていた。正面にはアーチ状の階段があった。天井にはシャンデリアが飾られ、磨き上げられた大理石の床を照らしていた。中にもメイドたちが待ち構えていたが、スカート丈は膝上までだった。

室内のメイドは室外にいたメイドたちのように顔が整っていなかった。外のメイドたちは目隠しをしていても美貌の持ち主であることが容易に推し量《おはか》れたが、中のメイドたちにそれはなく、ただ意地の悪そうな陰険さを醸し出しているのが気になった。

「ご主人様がお待ちかねです」

二人は一階の応接間に通された。応接間にも高価そうな調度品や絵画が飾られていた。窓からは西洋庭園が見渡せた。その部屋のソファに座っていたのは二人の男だった。一人は甘いマスクの中年男で、パーマを当てて黒光りする髪を肩まで伸ばしていた。義父の渡里誠一であった。

「あんた、何やってんのよ！」

寿々花が敵意を剝き出しにして怒鳴った。

借金の形《かた》として雅春と寿々花はいわば身売りされたというのに、この事態を招いた張本人がソファに優雅に腰掛けているのだから、憤《いきどお》りを感じるのも無理はなかった。

しかも、股間にはメイドが顔を埋《うず》めているのだからなおさらだった。メイドの顔は見えなかったが、スカートは膝下まであるような長いもので、金髪であるのも風変わりだった。

「黙っていれば可愛いのだが。口を開くと……相変わらずだな。ご主人、こんな娘ですが煮るなり焼くなり好きなようにしてください」

渡里は寿々花を一瞥したあと、媚びた声で隣の男に話しかけた。

輿水滋雄の身長は百八十センチくらいだろうが、横幅もあるのでもっと大きい印象を与えた。毛虫のような眉毛に鷲鼻、厚ぼったい唇と耳、そして大きな割れた顎。左目が閉じているように見えるほど、目尻には皺が幾層にも重なり合っている。反対に右目は大きく、眼光鋭い瞳が二人を静かに値踏みしていた。

雅春は輿水の年齢を測りかねた。四十代と言われればそう見えなくもないし、七十代と言われれば、そういう気もする。こんな人間は初めてだった。

この男から発せられる生命エネルギーのなせるわざかもしれない。それでいて滲み出る貫禄は海千山千の男ならではのものがあった。

「写真よりずいぶんと美少女だな。お人形さんのようだ」

低いよく通る声で寿々花を睨《ね》めつけた。

ふと気づけば対峙してから輿水はまだ一度も瞬きをしていなかった。空気さえも凍らせるような威圧感があった。

「ええ、三カ月ぶりに会いましたが見違えるように美人になりましたよ。母親は国民的美少女コンテストにも選ばれたこともありますから、その血が受け継がれているのでしょう。ほら、早く挨拶をせんか」

渡里は猫なで声で追従した。

「嫌よ！」

寿々花は必死で抵抗を試みた。

その暴言を取り繕うように渡里は義理の娘に告げた。

「これから、おまえはこの屋敷で暮らすんだ」

「だから、嫌！　嫌って言ってるじゃない」

甲高い寿々花の声が室内に反響した。

それを嘲笑うかのように金髪メイドは頭を前後させてチュパチュパと肉棒を吸引した。

「おお、くぅ……」

「どうですかな。うちのメイドの奉仕ぶりは？」

輿水が渡里に尋ねた。

「いや、最高ですよ。昨晩のことは忘れられません。男の弱点を知り尽くしているようですな。徹底した調教に感服いたしました。さすがはその道で名が通った輿水様。おお、そんなにチ×ポを吸われたら、おおおッ」

前髪を汗で額に貼りつけながら、渡里は鼻の下を伸ばして恍惚としている。

「義理とは言え自分の娘を売ることに罪悪感はないのかね？」

「そんなもんはありません。むしろ、今まで食わしてやったんですから、少しは役に立ってもらわないと困りますよ」

義父は卑屈に嗤った。

「ふざけないで！　あんたの借金に私たちを巻き込まないでよ！」

「へへへ、このように性格には少々難がありますが……あのときはなかなかいい声で泣くんですよ。フェラチオも竿に舌を絡みつけてきて美味そうにしゃぶるんですから」

「ちょ、ちょっと、やめて！」

渡里の告白に寿々花は憐れなほど狼狽している。雅春は頭が真っ白になった。

(あれの最中？　フェラチオ？　この男は何を言っているんだ？)

寿々花と視線が合った。

黒い瞳から大粒の涙がみるみる溢れていった。

「……そんなの嘘だよね？」

「うう……」

寿々花に代わって輿水が答えた。

「おまえは兄だというのに、妹が義理の父親に犯されていたことを知らんのか？」

「いやー!!」

「う、嘘だ。そんなの信じないぞ！」

義理の父親は卑しい目つきで寿々花の身体を舐め回すように見たあと、雅春に侮蔑の視線を向けた。

「おまえが呑気に風呂に入っているとき、こいつは必死で俺のチ×ポをしゃぶってたんだ。リビングやトイレでもやったんだぞ？　おまえが寝ているときもそうだ。隣の部屋で俺とセックスしながら、こいつは声を嚙み殺して絶頂に達していたんだよ」

そう言って渡里は金髪メイドの髪を摑むと、荒々しく自分の股間に押しつけた。

ジュボジュボと卑猥な音が鳴り響いた。

「あぁ……」

寿々花は黒服に支えられるほど項垂《うなだ》れていた。

「ふざけるな」

雅春は一瞬の隙を突いて黒服から逃れ、渡里に殴りかかっていった。

そのとたん渡里はソファから転げ落ちた。

「何をしやがるんだ、こいつ！」

髪を乱しながら、顔を真赤にして男は吠えた。

「暴力はいけませんぜ。旦那」

黒服が渡里の肩を摑んだ。

「離せ、こいつが先に手を出したんだ。寿々花のように金にもならんくせに！」

「ふん！」

雅春はさらに右の拳で義父の顔を殴りつけた。鈍い音がした。

「ふぐッ！　許さんぞ‼」

渡里は顔を歪めながら立ち上がろうとした。雅春が再度拳を振り上げたとき、誰かに手首を摑まれた。振り返ると輿水だった。

「落ちつけ」

凄みのある声が腹に響いた。

「おまえも里桜ちゃんを！」

殴ろうとすると雅春は一瞬で横転した。輿水が足払いをしたのだ。

「こいつ！」

すぐに起き上がろうとしても、輿水が片手で軽く押すだけで動きを封じられてしまった。さすがに恐怖心が募ってくる。

「くそ、くそぉ……」

「もうやめてぇ……ありがとう……うぅ」

寿々花が雅春に飛びついて泣きじゃくった。

「寿々花……うぅ」

「お兄ちゃん」

久しぶりに寿々花がそう呼んでくれた。二人はきつく抱き合って泣くしかなかった。

そのとき、そんな二人を眺めていた金髪メイドが近づいてきて話しかけてきた。

「麗しい兄妹愛ね」

聞き覚えのある声に雅春はその少女を見上げた。

「ひぃ！　玲央奈!!」

先に声をあげたのは寿々花だった。

「うふふ、寿々花、こんにちは」

「……な、何であなたがここに？」

寿々花が擦れ声で尋ねると、玲央奈は真っ赤な唇の端をクイと持ち上げて言った。

「だって、あたしは叔父さまの姪ですもの」

今度は渡里が間の抜けた声を出した。

「え？　ご主人の姪!?」

「ああ、玲央奈はわしの姪だ。行儀作法を教えるために預かっておる」

「そうとは知らず、昨晩は……」

事実を知った渡里はとたんに蒼褪《あおざ》めた顔をした。昨晩の数々の愚行を思い出して震え上がっているようだ。

「おじさん、気にしなくていいわ。とっても参考になったから」

玲央奈は寿々花の頬を撫でて言った。

「だってあんたが父親にどんなふうに犯されていたのか、よくわかったんですもの」

「嫌あぁぁ!!」

「悲鳴なんてあげないでよ。学校では澄ましているくせに」

「いや、いやぁぁ!!」

拒絶の言葉以外を忘れたかのように寿々花は悲鳴をあげつづけた。

とことん底意地の悪い玲央奈は面白そうにしている。

「里桜はうちで奴隷として飼育されているの。メイドより格上のセックス専用よ。だから、女っぽい身体をしていたでしょう。でも、あんたは更衣室で里桜の身体を汚いものでも見るようにしていたわよね?」

「あ、あうぅ……そんなことないわ」

「里桜が一番つらかったのは嘲笑や侮蔑じゃないの。あんたみたいに自分のことは棚に上げて、傍観者気取りの態度が何よりつらいと言ってたわ。でも、まさか父親に犯されていたとはねえ」

「あ、あうぅぅ」

雅春がどれだけ強く抱きしめても、寿々花の身体の震えは止まらなかった。

「玲央奈はその娘に執心しているようだな」

「ええ、里桜よりも恥ずかしい思いをさせてやりたいわ。でも雅春くんにも興味あるなあ」

玲央奈に頬を撫でられると、雅春は背筋が寒くなった。

「ひぃ……」

「女の子みたいな悲鳴ね。雅春くんって本当に美少年だわ。食べちゃいたいくらいに可愛い」

クラスのリーダー格がそんな目で見ていたとは思いもしなかった。すると、輿水は思いもよらないことを言った。

「一人だけしか屋敷に置けないのが惜しいな」

その言葉に雅春と寿々花は凍りついた。だが、二人より早く反応したのは渡里だった。

「一人だけって……二人を買っていただける約束では？　私はこんなガキを養うつもりなんてありませんよ」

渡里は雅春を睨みつけた。

「こっちだって、おまえなんかといっしょに暮らせるか！」

再び雅春は立ち上がりかけたが、またも輿水から額を押さえつけられた。

「いい加減にしろ、二人とも見苦しいぞ」

寿々花が雅春にぎゅっと抱きついてきた。

「妹といっしょにいさせてください……どんな下働きでもしますから」

雅春は必死で訴えた。

「何か勘違いしているようだな。わしは二人の中から一人を選ぶと言っているんだ。おまえも候補者なのだ」

「……僕も？」

もしかしたら妹を助けられるかもしれない。雅春に微かな希望が湧いてきた。しかし、次の瞬間、恐怖の津波が押し寄せてきた。

「そのとおり。高い買い物だからじっくりと見てやろう。まずは服を脱げ」

「……ここで？」

雅春はパニックに陥《おちい》った。状況が呑み込めなかったのだ。

「そうだ。できないなら妹を買うことになるが？」

「くぅ……寿々花、ごめん……」

雅春は仕方なくその場で立ち上がり制服を脱いでいった。

十五歳の少年と言えば体格に個人差がある年頃である。雅春の手足は小枝のように繊細で、いかにも頼りない鎖骨が浮き上がっている。肩幅も少女よりも狭く、肩甲骨の張りも華奢だった。乳白色の薄い胸板には肋骨もよく見えた。乳首は色鮮やかなピンク色だった。

「下もだ」

「……」

ボクサーパンツに手をかけたところで躊躇《ためら》ってしまう。

「できないなら父親と帰ることだな」

「くぅ」

雅春は意を決しパンツを脱ぎ去った。恥丘には陰毛がまばらに生え、その下には半勃ちのペニスがぶら下がっていた。

「あらー、いがーい。剝けてるし大きいのね」

玲央奈が好奇心に満ちた顔で直視した。思わず手で隠そうとするとたちまち玲央奈に叩かれた。

「物わかりがいいのね。寿々花はどうするの？　父親といっしょに帰ってズッコンバッコンされる？」

「それは嫌」

項垂れたまま答えた。

「じゃあ、さっさと脱ぐことね」

「……」

「何してるの？　アタシが脱ぎなさいと言ったんだからさっさと返事をなさい」

「……はい」

寿々花は下唇を嚙みしめてセーラー服やスカートを脱いでいった。身体に針金でも入っているかのようなぎこちない動き方だった
ブラジャーとパンティだけになった寿々花は自分の身体を抱きしめた。

「何やっているのよ。これから身体検査をしてあげるんだから、しっかりと気をつけの姿勢を取るのよ」

「せめて、あの人を外にやって……玲央奈さん、あなたも女ならわかるでしょう？」

「そりゃ、娘を犯すような父親の前で裸になるなんて屈辱的よね。でも、奴隷ってそういうものなの。ああ、寿々花、あなたの顔ってとっても素敵。ゾクゾクするわ」

「……輿水さん、どうかお願いします」

寿々花は玲央奈では埒《らち》が明かないと見て、もっとも権力のある輿水に懇願したが、その回答もそっけないものだった。

「商品に傷がないか確認しておかないとならんからな」

「寿々花、さっさと脱ぎなさい。お父さんの前で何度も裸になっただろう」

渡里までが急《せ》かしてきた。

「そんなこと言わないで……ああ……」

ついに投げやりな気持ちになった寿々花は涙を流しながらブラジャーを外した。

「ほら、気をつけの姿勢よ」

すかさず玲央奈が注意する。

「できない……できないわ」

黒服や兄の視線もあって、胸を抱きしめたまま固まってしまった。

「仕方ないわね。縛るしかないわね。手伝ってくれるかしら？」

「はい、お嬢さま」

黒服が壁のスイッチを押すと天井の一部が開きウインチが現れた。さらにスイッチを操作すると、そこから鎖が下りてきた。鎖の先端には手枷が取り付けられていた。

「イヤァーッ！　やめてぇ!!」

寿々花はそのまま両手を拘束された。

「やめろ！」

雅春は黒服に体当たりしようとしたが、逆にもう一人の黒服に羽交《はが》い締めにされてしまった。

「吊るせ」

輿水が目配せすると黒服がスイッチ操作してウインチを巻き上げた。寿々花の両手はみるみる頭上高く吊り上げられることになった。

「どうだ、これならオッパイも割れ目も見放題だろ？」

輿水に羽交い締めにされた雅春は妹の前まで連れていかれた。

二人がいっしょにお風呂に入っていたのは小学四年生頃までだった。そのため、現在の互いの身体を見て、あまりの成長ぶりに驚いたのは事実だった。特に妹がすっかり女の身体になっていると知った雅春は、いけないと思いつつも匂い立つような色香を感じていた。

「ああ……見ないでぇ！」

「寿々花にひどいことをするな！」

二人は同時に顔を反らした。

「ライターで焼いてやれ」

輿水が冷酷に言い放つ。

「わかったわ」

玲央奈はライターを手に取って、まず雅春の顔の前で火をつけて見せた。そして、ゆっくりと移動し、寿々花の前で膝をついた。

「何をする気なの！」

「むさ苦しいお毛々を焼いてあげるのよ」

寿々花の陰毛を摘まみ上げて、毛を逆立てると先端に火を近づけた。

「きゃあああぁ！」

「暴れると火傷《やけど》するわよ」

毛髪の焼ける独特の臭いとともに陰毛が瞬く間に縮れていく。

「やめろ！」

雅春は玲央奈を蹴り上げようとするが、黒服が後ろから引っ張ったので空振りしてしまう。

「まぁ、怖いわ。雅春くんって女の子みたいな顔をしているのに乱暴者なのね。さぁ、もう少し焼きましょうね」

玲央奈は大げさに驚いてみせる。

「やめてぇ、お願いよ」

「お毛々を焼いているだけじゃない。別に熱くないでしょう」

そう言いながら、再びライターを近づけた。すると、寿々花は恐怖で爪先立ちになって逃げようとするのだが、それも無駄な抵抗で短くなった陰毛がさらに焼かれてしまった。

これには渡里もいささかやりすぎだと感じたようだ。

「ご主人、このままでは娘が傷物になってしまいます」

「どの口が言うか。先に傷物にしたのはどこのどいつだ」

「……しかし」

「お主は黙っておれ」

輿水は有無を言わさぬ威圧感で渡里を制すると寿々花に語りかける。

「これからおまえの裸を兄といっしょにじっくり見てやろう。だが、まだ邪魔っけなものがあるな」

叔父の意図を察した玲央奈がライターをかざして火をつけた。

「ひぃ……もうやめてぇ」

恥丘にあった陰毛はかなり短くなっており、地肌が透けて見えるほどだった。さらにライターで炙《あぶ》ると、あっという間に根元まで火が到達するかもしれない。

「このままライターでチリチリと焼かれるのと、剃刀でツルツルにされるのとどっちがいい？」

玲央奈はゆっくり諭すように言う。

「ああ、剃刀を使ってください！」

「小学生のようなオマ×コを雅春くんに見せつけたいのね。中二のときからその穴にパパのチ×ポを入れていましたってね」

「……」

「あら、そんな反抗的な態度をとっていいのかしら？　火で炙ってほしいの？　あなたがパパと何をしたか言いなさいよ」

「うう……」

がっくりと首を折った寿々花を見て玲央奈は満足気に頷き少女の耳に何か囁いた。

寿々花はついに掠れた声で口を開いた。

「……お、お兄ちゃん……寿々花はパパに……毎晩、オマ×コしてもらっていました。あぁ、パイパンにしてもらうから、あとで寿々花の女の部分を見てね……お願い、あ、あぁあぁ」

4

寿々花は天井から吊られたまま雅春に背を向けた。

天井から新たな鎖が下りてきて、寿々花の片足に枷が巻きつけられた。その結果、新体操のように足を上方に高く持ち上げられることになった。雅春よりも運動神経がいい寿々花ではあるが、さすがに片脚吊りの開脚ポーズは苦痛だった。もう片方の脚をよろけさせては、玲央奈から叱責された。

「動くんじゃないわよ！　皮膚が切れるじゃない」

「くぅ！」

雅春の位置からは寿々花の正面が見えなかったので、剃毛《ていもう》の詳細を知るよしもなかった。

それでも、妹の足元に置かれた陶器製のカップからシェービングクリームが溢れ出ているのを見ると、妹が不憫でならなかった。寿々花は剃刀が当てられるたびにすすり泣く声を大きくした。

雅春は悔しさから心臓が苦しくなるほどの苦痛を受けた。

いや、寿々花のほうがつらいだろう。

しかし、雅春は後ろめたい思いでいながら、ついつい彼女の身体を意識してしまうのだった。寿々花は無理な姿勢を強《し》いられているために、脹《ふく》ら脛《はぎ》には筋肉が浮かび上がっている。太腿は恐怖と緊張で痙攣している。そして、深い切り込みを見せる双臀は後ろに程よく突き出しており、それが桃色に染まりとも何とも言えぬ風合いを醸し出していた。背中から細い腰にかけてのラインが絶妙で、身体も一級品であることを物語っていた。

寿々花は雅春の知らぬ間にすっかり女の身体に成長していたのである。

淡々と剃毛の作業が進められた。それを黒服たちと同じように渡里もまた鼻の下を伸ばして眺めていた。

「綺麗になったわ。せっかくだから」

玲央奈は股間をタオルで拭うと喜色満面の笑みを浮かべた。そしてスマートフォンを取り出した。

「ああ、いやぁ……撮らないで！」

「何言ってるの、記念写真よ」

有無を言わさず全身をくまなく撮影された。そのたびに寿々花は悲鳴をあげて身を捩った。

「んんんんん！」

雅春はくぐもった声をあげた。

うるさいからと雅春の口にはガムテープが貼られていたのである。

「いつまで遊んでおる。そろそろこっちに見せてやれ」

「わかったわ。じゃあ、スイッチを押して」

玲央奈が黒服に指示すると、ウインチが再び動き出し、寿々花に横回転を加えた。

「ああ……い、いやぁ」

寿々花は懸命に抵抗しようとしたが機械には逆らえなかった。

「んんッ!?」

雅春は思わず唸ってしまった。

正面から見た妹の裸体はあまりに刺激的だったのだ。特に胸の膨らみの魅力は際立っていた。

(寿々花の胸を見るのは何年ぶりだろう……いつの間にこんなにオッパイが大きくなっていたんだ)

ややや外向きの乳房はボディラインからわずかにはみ出していたが、若々しい張りに満ちており、下から持ち上げたい誘惑に駆られた。肌理細《きめ》かな乳白色の乳房の頂《いただき》には薄桃色の乳首が、まるで触れられることを待っているかのように揺れていた。

寿々花の背後に玲央奈が躙《にじ》り寄った。

「嫉妬しちゃうほど可愛いおっぱいね……触り心地も生意気なくらいいいわ」

玲央奈は寿々花の耳元で囁きながら乳房を両手で鷲掴みにした。乳房は手からわずかにはみ出していたが、玲央奈は弾力とボリューム感を愉しむように内に寄せていたり、上下に揺らしていたりなどした。

「ああ……許してください」

「ようやく自分の身分がわかってきたようね。あんた、里桜のことを意思が弱いと思っていたようだけど、今のあんたがとやかく言えるのかしら?」

玲央奈の言い分に雅春のほうがゾッとした。

あれほど勝ち気で曲がったことが嫌いな寿々花はがっくりと項垂れている。両手が自由だったら玲央奈の手を振りほどいただろうか……妹がすでに屋敷での生活を考えて無闇な抵抗を放棄しているように見えた。

玲央奈の親指と人差し指が、ぽっちりと突き出した乳頭を挟むと、ギュッと摘まみ上げた。

「可愛い乳首ね……感度はどうかしら?」

「あぐぅ!……やめてください、玲央奈さん。痛いぃ」

寿々花は苦痛で顔をしかめた。

「当然よ。痛くなるようにしているんだから」

乳首もまた玲央奈に弄《もてあそ》ばれた。ぺしゃんこになるくらいに押し潰したかと思うと、次はめいっぱい引っ張ったり左右に捻ったりと、やりたい放題だった。

「あ、あぐぅ!　痛い、痛いわ……あぁ、お願い、許してください」

「あなたのパパにはこんなふうに調教されなかったのね。うちの愛奴になった暁《あかつき》には、苦痛が快感になるわよ。そうね、例えば、ブラジャーの裏にワサビを塗り込んであげようかしら」

「ああ……そ、そんなの嫌よぉ」

「奴隷に拒否権はないのよ。ここが嫌なら家に帰ってパパに犯されることね。あ、あの家はもう競売にかけたんだったわ。パパと二人で堕ちるところまで堕ちるといいわ」

当の渡里は苦笑いを浮かべているだけだった。娘を奪われることへの若干の喪失感と奴隷としての価値を値踏みする打算からくるものだった。

雅春はその選択肢を知って愕然とした。

（ふざけるな。寿々花がこんな目に遭《あ》う罪を犯してなどいないじゃないか）

雅春は黒服に押さえられたまま懸命に身を捩った。

「何か言いたいことがあるのか？」

輿水がそう言ってガムテープを剝がした。

「僕をこの屋敷に置いてください！」

「ほぉー、それだと妹は義父のもとに戻すことになるが？」

「いいえ、妹はどこか別の場所に預けてください」

「大谷家のようにか？」

「はい」

雅春は輿水の左右不均衡な目をじっと見て言った。

二人のやり取りを見ていた渡里が慌てた。

「何を言ってんだ。寿々花は俺の財産なんだぞ。ご主人、私としては雅春でもいいのですが、そのときは約束した金額で……」

すべてを言い終わる前に輿水に睨まれて渡里は言い淀んだ。それでも近づこうとしたので黒服に背後から羽交い締めにされた。

「何をするんだ！　私はご主人と話しているんだぞ」

輿水は渡里という男への興味を失ったように一瞥すると、雅春を見下ろした。

「その男に金を渡して摘まみ出すんだ。もう用はない」

「待ってください。私は寿々花を知り尽くしているんですよ？」

「どこまでも厚かましいやつだ」

追い出される渡里を見ながら輿水が吐き捨てるように言った。

5

「ようやくうるさい人がいなくなったわ」

玲央奈は寿々花の身体を撫でながらその反応を楽しんだ。

「本当に自分の立場がわかってない人間ほど見苦しいものはないな……その点、こいつはよくわかっているようだ」

輿水がソファに座った。雅春の目の前にちょうど顔がきた。

「……はい」

「何でもするんだよな？」

「……はい……します」

ここは毅然とした態度を取るべきだとわかっていても、少年の膝小僧はガクガクと震えていた。

輿水がゆっくりと指を差した。

脱ぎ散らかされた二人の制服があった。

「じゃあ、妹が脱いだ服を着るんだ」

「ッ!?」

雅春の一瞬訳がわからず顔から血の気が引いた。

なぜ女子用の制服を着ないとならないのか。意味がわからなかった。

「叔父さまからの命令よ。早くなさい」

「……な、なぜ？」

「おまえの覚悟はその程度のものなのか？　玲央奈、手伝ってやれ」

「わかりました」

玲央奈が制服を回収し、白い木綿のパンティを裏返して検査を始めた。

「やっぱり汚いパンティだわ。ぐっしょりと牝汁を染み込ませた跡がある」

確かにパンティの二重構造部分に薄い黄色の染みがこびりついていた。寿々花は恥ずかしさに全身の肌を火照らせた。

「ああ、それは言わないでください！」

「パパに犯されたことを授業中に思い出して濡らしてたのね。どうせ、家から持ってきた他のパンティにも卑しい粘液をつけてるんでしょう」

「うぅ……」

大谷家では妹の下着はあらかじめ決められていたことを雅春は思い出した。

白鷗学園の校則で下着も白と決まっていると大谷は主張していたが、寿々花はそんなルールを守っている人は誰もいないと抵抗していた。しかし、大谷は頑として譲らず寿々花の下着を没収し、木綿の白無地パンティを与えたのだ。

それが今は妹の体液によって黄色く染まっている。

雅春の足下に玲央奈が跪いてきた。

「さぁ、脚を上げてくださいませ。お嬢ちゃん、あたしが穿かせてあげますわ」

慇懃《いんぎん》無礼な言い方だった。

「……何をするんだ。僕は男なんだぞ！」

薄笑いを浮かべながら玲央奈はパンティを開いてみせる。

（これはただの下着にすぎない……）

そう思い込もうとしたが、小さな赤いリボンが目に入った。

「お兄ちゃん、ダメだよ……」

「くぅ」

雅春は穿こうとしたが身体が動かない。

「小学生でも穿かないようなこんなデザインは嫌よね？　何だか牝豚の匂いがプンプンするわ」

「……いや、穿くよ」

美少年は震える足を上げて素早く足首にパンティを通した。

股間を隠していた手を払いのけられ、萎《しお》れたペニスにパンティをかぶせられた。男性用とはまるで違うふんわりとした感触に思わず嘆息した。

「……あうぅ」

妹の温もりがパンティに残っていなかったのは救いだったが、クロッチの部分が若干湿っていることに気づくと、背徳的な昂奮が沸き起こった。

「次はブラジャーよ」

「くぅ」

ブラジャーもホックをきつめに装着させられた。

「ちょっと股間がもっこりしているけど似合ってるじゃない。次はセーラー服ね。それくらいは自分でできるでしょう？」

「うぅ……お兄ちゃんダメ。そんなことしたら」

寿々花の声で一瞬我に返りセーラー服を手にしたまま身体を硬直させてしまった。

これを着たら本当に自分のなかで何かが変わってしまう予感がした。

それに気づいたのか、輿水が脅してきた。

「妹を義父のもとに返してもいいのか？」

「わかりました。着ます……」

「あぁ……いけないわ。やめて！」

雅春は観念して妹のセーラー服を身につけた。一気に身体が熱くなる。

「スカートも残ってるわよ？」

女子の象徴であるスカートを押しつけられた。

美少年はもはや観念するしかなかった。校則では膝丈が股下三十センチだが、ほとんどの女子は股下十センチ前後にしていた。しかし、里桜と寿々花だけは校則どおり膝が軽く見える程度の長さであった。そのスカートを男である自分が着るとなると、二人を穢すような気がしてきた。

輿水や玲央奈、黒服たちも顔に醜い笑みを浮かべていた。

妹を助けたい一心で雅春は男子とは思えぬ細い腰までスカートをたくし上げた。

「やだ、雅春くん、超似合ってるわ！」

「これなら磨きをかければ一級品になるな」

雅春には「一級品」の意味がわからなかった。

「……どういう意味？」

「雅春くんを寿々花の代わりに飼育するってことよ」

玲央奈の言葉に雅春の顔は蒼褪めつつも、彼らの意図を察してしまった。

「そ、そんな……」

「さっきは何でもすると言っていたではないか。寿々花を奴隷にしてもいいのか？」

「……屋敷に残るのは僕だ……」

美少年は声を振り絞って言った。

しかし、雅春は身体の震えを止めることができなかった。ほぼ新品の夏用のスカートの折り目はまだ鋭角で太腿を撫でていった。裸よりも恥ずかしく惨めだった。しかも、自分のことを女として飼育すると言っているのだ。冗談に決まっている。きっとこれは悪夢だと、懸命に自分に言い聞かせようとしたが、視線の先には囚人のように扱われている寿々花の姿がどうしようもない現実をつきつけてくる。

そう思うと指先から力が抜け、躊躇していたスカートのホックが嵌まってしまった。

「ああ……」

玲央奈がスカート越しに雅春のお尻を撫でてきた。そのとたん何とも言えぬ恥じらいが生まれたことに雅春自身戸惑っていた。

「ほら、寿々花の前に跪《ひざまず》くのよ」

「……お兄ちゃん。私がこの屋敷に残るわ。もう私は穢れているから……」

「ダメだ。何で寿々花ばかりがそんな目に遭わないとならないんだ」

事態をまだ甘く見ている雅春は、その恐ろしさを知らぬまま決意する。

「寿々花をあの男の元にも戻さない。寿々花の幸せを保証してくれるなら……僕は何でも言うことを聞く……」

妹想いの高潔な魂が紡ぎ出した言葉だった。

「わかった……約束しよう。わしの知人に子宝に恵まれない夫婦がおる。そこに預けよう。どうだ、これで文句ないか？」

輿水は条件交渉に折れたふりをした。

「……はい。妹だけはなんとか……」

「ああ、ダメよ。お兄ちゃんだけをつらい目に遭わせるわけにはいかないわ。私もお兄ちゃんと残る」

「馬鹿なこと言うな。おまえには幸せになる権利がある」

雅春は玲央奈から促されると妹の足元で跪いた。

目の前に妹の股間があった。翳りは完全に失われ、柔らかそうな肉の膨らみの合間に桃色の花唇が生々しく晒されていた。

「ダメ、ダメ、ダメよ！」

そこからふんわりと山百合の香りが漂ってくる。そこを隠していたパンティを今自分が穿いていると思うと、たとえようのない背徳感に襲われた。

すぐに立ち上がろうとしたが、玲央奈が雅春の背後に抱きつき、スカートの中に手を潜らせた。

「やだ、この子ったら妹のオマ×コを見て勃起させているわ」

「何が違うの？　ほら、見てみなさいよ」

玲央奈がすかさずスカートを捲り上げた。すると確かに木綿のパンティが膨らんでいた。しかも、勃起した肉棒の亀頭がフロントのリボンを前面に押し出していた。

それを玲央奈がパンティ越しにしごきはじめた。

「あああ……」

雅春は玲央奈の手を押さえつけた。

「なに、その手は？　あたしに逆らってもいいの？」

従うしかない雅春は項垂れて手の力を抜いた。

「わしも混ぜてもらうとするか」

輿水は寿々花の細腰を抱いた。

「やめろ！」

そして次の瞬間、少女は軽々と抱《かか》え上げられてしまった。黒服はちょうどよい位置になるようウインチを調整した。その結果、親が子どもを排尿させるときのような姿勢になった。

しかし、それが異様だったのは、寿々花の股間の下から野太い肉棒が伸びていることとだった。

陰嚢まで毛に覆われ、それが太腿まで広がっていた。その深い茂みから全長は優に二十センチ以上もあると思われる弓反りの陰茎が突き出ている。肉竿にはミミズがのたうったように静脈が這い回り、裏筋には歪《いびつ》な膨らみがあった。それは大粒の真珠が埋め込まれているためだが、中学生には想像もできないであろう。そして、毒茸のようにグワッと笠の開いた雁首はあまりにグロテスクでいかにも凶暴だった。雅春は自分のピンク色のペニスと比較してただ呆けるしかなかった。

「……いやぁ」

赤黒い肉棒と透けるように白い肌の寿々花との対比は強烈だった。しかも、肉棒の付け根に妹の秘部が載せられているために、薄桃色の秘唇が左右に開いて肉竿に密着していた。

「ほら、しゃぶってみろ！」

鼻先に肉棒が突きつけられた。

「ひぃ……」

少年は喉を震わせて呻いた。

妹の甘酸っぱい香りを牡の蒸れた獣臭が打ち消した。

「愛奴というものは叔父さまのオチ×チンにきちんと奉仕するものなの」

さも当然であるかのように背後から玲央奈が囁いてきた。雅春は我が耳を疑った。

「玲央奈、新しい〝娘っ子〟に教えてやるんだ」

「わかりましたわ」

玲央奈は雅春の髪の毛を摑むとグッと肉棒に近づけた。

ペニスと顔の距離は十センチほどしかなかった。さらにその先には妹のパイパン性器が丸見えになっている。

いや、妹の股間からグロテスクな逸物が伸びている錯覚さえした。その凶器は獲物を狙う毒蛇のように重たげな頭を上下に揺らしている。

「叔父さまのものはとっても大きいでしょう？　これを里桜は受け入れているのよ」

「……ああ」

初恋の人の名を聞いて一瞬怒りが湧いてきた。しかし、それもすぐに目の前の恐怖にかき消されてしまう。

玲央奈は雅春のペニスをしごきながら何事か囁いた。

「こう言うのよ。お・嬢・様……」

「そんなことは言えない……」

「それならあなたは失格ね。寿々花を選ぶしかないわね。別にあたしはそれでもいいの。寿々花は学校でウンチを漏らしたり、授業中にオナニーしたりするだけだから」

「……そんなのやめてくれ……お願いだ」

「それじゃあ、こう言うのよ……」

聞いただけで吐き気がする卑猥な言葉を教えられた。しかし、それを口にしなくては妹が里桜と同じ目に遭うことになる。それどころか、寿々花に敵愾心《てきがいしん》を持っている玲央奈はもっと酷いことをするかもしれない。雅春は男として、兄として、妹を助けるという義務感に駆られた。

「くぅ……わ、私を立派な牝奴隷に調教してください……あぁ」

「あああぁ……」

雅春が声を絞り出すのと同時に寿々花がすすり泣いた。

「さあ、誓いのキスをするのよ」

「うぅ……それだけは、僕は……」

「いつまで『僕』と言うつもりだ？　今日からおまえはこいつの身代わりになる。ほら、舐めるがいい、寿々花」

雅春は妹の名前で呼ばれた。

「……私が奴隷になります！　だからお兄ちゃんをこれ以上いじめないで」

「父親に犯された女が何言っているのよ。あんたは引っ込んでいればいいの。あんたが残ることになれば、叔父さまに処女を捧げられなかった罰として、たっぷりと責め嬲ってやるから、覚悟するといいわ」

脅しではなく本気だとわかる口調だった。

「あ、ああ……やりますから、妹だけは約束どおり優しい里親の元へ……」

「そのためにはどうしたらいいんだ？」

雅春は上目遣いで見上げると、恐怖と不安の色に染まった寿々花の顔があった。一方、輿水はニヤついた笑みを浮かべている。

意を決した少年はいよいよ亀頭に接吻した。

ペニスの先端は予想外にぶよぶよとした柔らかい感触があった。いったん口を離すと粘液が糸を引いて垂れるのが不快だった。すぐに饐《す》えたホルモン臭が鼻を刺激した。思わず吐き気がこみ上げる。しかし、ここまで来たら、引き下がることはできなかった。

「んんんん」

今度は裏筋へキスするよう誘導された。

玲央奈は接点を確かめながら雅春の頭を動かしている。

「唇をもっとおちょぼ口にして、チュッチュッと美味しそうに音を響かせるのよ」

「んんん」

首を振って少年は拒絶した。

すると、パンティ越しに陰嚢をぎゅっと握られた。

「言うことが聞けないならここを潰すわよ。一つくらいどうってことないわよね」

「んぐぅ！　やります、やりますから、やめてください」

「さっさとやりなさいよ」

チュパ、チュ、チュッ、チュパン。

慈しむように禍々《まがまが》しい性器に接吻した。

異常な行為を自覚して雅春は脳が痺れて意識が薄れてきた。

(僕はこれからどうなるんだろう……こんな状況で勃起するなんて……)

奥手の雅春でもフェラチオくらいは知っていた。それを想像して興奮していたくらいだ。あの里桜のことを想って何度オナニーしたことか。

しかし、今は状況がまるで違った。男である自分が男の肉棒に熱烈なキスを繰り返している。しかもパンティを穿いて勃起しているのだ。

「よし、そろそろ奉仕を始めるんだ」

「ッ？」

「わしのを口に咥えろということだ」

「そんなぁ！」

雅春は憐れな声をあげたが誰も意に介さなかった。

「ちゃんと叔父さまのオチ×チンに奉仕できたら、ご褒美にたっぷりと射精していいわよ」

「寿々花の下着にそんなことはできない」

「馬鹿ねぇ。さっきの話を忘れたの？　あなたは〝寿々花〟ちゃんなのよ。だから、そのセーラー服もパンティもブラも全部あなたのもの」

「……それってどういうこと？」

愕然とした雅春は自分の将来を垣間《かいま》見た気がして暗澹《あんたん》たる気持ちになった。

「お兄ちゃん……ありがとう……もうそこまでで十分だわ。私が奴隷になる。お兄ちゃんは幸せに暮らして」

そう言うと寿々花は潮水に振り返って言った。

「ど、どうか、私を犯してください」

「さすがはさまざまな経験をしている妹のほうが上手《うわて》だな。よし、望みとあれば、このチ×ポで犯してやろう。兄のほうもそれでいいんだな？　わしがこやつとまぐわったら手元に置くことになるぞ？」

輿水は冷酷に脅しながらゆっくりと肉棒を引き抜いていった。

「もうトロトロじゃないか？　すぐにもぶち込めそうだ」

大きく開脚した寿々花の股座はピンク色に色づいた二枚の花唇が惜しげもなく晒されている。そこに、巨大な亀頭が押し当てられた。

「それはダメだ！」

雅春は涙目になりながらも語気を強めて言った。

「嫌なら、妹が犯される前に、寿々花がペニスを咥えるしかないわよ」

玲央奈が雅春の首を舐めてきながら言った。

当の雅春は妹の服を身につける屈辱と羞恥に目眩《めまい》がして、同性の性器に奉仕しなくてはならないおぞましさに吐き気がこみ上げる。そんな状況でありながらも昂《たかぶ》っている下半身の存在が疎《うと》ましくもあった。

「ああ……ご奉仕させてください」

そう言うと美少年は妹の股間に密着していた肉棒を咥えた。

「んぐぅ……」

尿の排泄口を舐めるだけで生臭い味が舌に拡がった。その嫌悪感で雅春はひどくえずき、目から涙を溢れさせた。

その姿を見下ろしながら輿水は口の端《は》を歪めた。これまで権力を振りかざして女という女を屈服させてきた。年端《としは》のいかぬ少女や貞淑な人妻たち。彼女たちもまた肉棒を舐めるとき、その屈辱感に打ちひしがれる。だが、そのなかに女の真の姿が宿るのだ。しかし、さすがに飽きてくる。そこにきて白羽の矢を立てたのが雅春だった。少年は女たちとは比較にならない屈辱と恥辱に身を震わせていることだろう。妹を助けたい一心で頬を涙で濡らしながら懸命に口唇奉仕を行なっている。それを目にするだけで、嗜虐者の情念の炎が燃え上がるのだった。

「音を鳴らして舐めるんだ」

チュパ……チュ、チュプ……。

眉を顰《ひそ》めながらおとなしく従った。当然ながらフェラチオの技術は拙《つたな》かったが、雅春は同姓ゆえ男のポイントを心得ているのか、亀頭の雁溝や鈴口、竿の裏筋を丁寧に舐め上げていた。

「どうだ、わしのはうまいか？」

輿水は右目を見開いて言うと、少年は一瞬上目遣いになり、よりいっそう眉間に皺を寄せるのだった。

雅春は口の端から涎を垂れ流し、それがセーラー服まで滴っていた。

一刻も事を終えようと懸命に舌や唇を動かしはじめた。女たちも最初はそうするものなので、輿水はほくそ笑んだ。

「そうか、そんなにうまいか。わしがイクまで絶対にチ×ポを離すでないぞ。離したら妹にぶち込むからな」

輿水はいったん腰を引き、雅春の口の中に亀頭だけを残した。

さらにそのまま輿水が後退しようとするので、慌てて雅春はついていくしかなかった。こんな凶悪な逸物が妹の身体を犯すなど想像したくもなかったからだ。しかし、その一方で寿々花の割れ目が目の前に迫ってきた。

「んんッ」

雅春はできるだけ顔を近づけたくなかったので、唇をひょっとこのように突き出すかっこうになった。それもすぐに限界がくる。少年は心の中で寿々花に謝罪した。

「ひぃ……」

寿々花が悲痛な呻き声を漏らした。

雅春の唇がついにパイパン性器に触れたのだ。亀頭を離さないようにするとどうしても上唇が割れ目を這い、鼻頭が包皮をかぶった陰核を擦ってしまう。

しかし、次の瞬間、肉棒が喉を突かんばかりに押し出されてきた。

雅春は嘔吐感よりも、寿々花から離れられたことに胸を撫で下ろした。だが、それも束の間のことだった。今度は勢いよく引かれたために再び妹の淫裂に接吻することとなった。

それを何度も繰り返された。

「んひ、ぃ、あ、あむぅ」

「お兄ちゃん、くひぃ、やめてぇ」

純情な雅春にもさすがに輿水の魂胆がわかった。

寿々花の股間に刺激を与えようとしているのだ。

それに雅春を悩ませたのは怒張に新たな味が加わったことだった。

先ほどまでは大量の先走り液と陰茎からにじみ出るホルモン臭だけだったのだが、そこに寿々花の蜜汁も含まれてきたのだ。妹の山百合のような女性器の匂いが口内を満たした。

「よし、そろそろ出すぞ！　玲央奈、そいつも同時にイカせろ」

「わかりましたわ。パンティの中にたっぷりと射精させて、自分がどんな恥ずかしい〝女の子〟か教えてあげるわ」

玲央奈が耳元で囁いた。

またしてもペニスがビクンと跳ね上がった。射精しそうな瞬間が何度もあったのに、そのたびに玲央奈は手を緩めて調整していたのだ。

（ああ、寿々花のパンティを穿いたまま射精するなど最悪だ……しかも僕の口にも射精される……）

羞恥と屈辱に雅春は身体を震わせた。

彼らは雅春を寿々花として飼育すると言っていたが、本当にそんなことができるのだろうか。本当に女として扱われるのか……あれこれ考えると不安と絶望しかなかった。

「んあぁ、お兄ちゃん、やめてぇ、私が奴隷になるわ。だから、お兄ちゃんは私が死んだと思って……お願いだから、そんな汚い物から口を離して」

妹の必死の懇願に雅春は彼女を守るという一心で萎《な》えそうな心を奮い立たせた。

「よし、出すぞ！」

ピストン運動が小刻みになり速度が上がった。

腹を寿々花の尻にパンパンと叩きつける。

「んんッ、んぐぅ！」

鼻先に妹の割れ目が押しつけられた。

玲央奈がパンティ越しに雅春の肉棒をしごいている。

「おら、もっと舌を使わぬか！」

阿吽《あうん》の呼吸で玲央奈がギュッと肉棒を握りしめると、パンティに膨張した亀頭の形がはっきりと浮かび上がった。

雅春は喉の奥を犯され何度も空嘔吐の発作に震えながら、無我夢中で舌を繰り出すしかなかった。

「んんんん！」

先に絶頂が訪れたのは雅春だった。

「もうちょっと我慢なさい！」

（だめだ、出るッ！）

玲央奈が怒鳴ったが一度始まったペニスの痙攣は止まらなかった。

彼女もそれがわかったようでいっそう強く握りしめた。

「んん、ぬむぅ。あんん!!」

雅春は妹のパンティの中でドピュドピュと濃厚な白濁液を何度も何度も放出させた。そのたびに亀頭がグワッと傘を広げ、ペニスが痙攣した。

「おら、全部、飲めよ！」

そう言って輿水が喉の奥に巨根を突き出した。

ドピューッ！

その瞬間、激しい圧力で白濁液が噴射され喉にべっとりとこびりついた。

さらに肉棒は奥まで差し込まれ、二発目、三発目と続いた。

ドピューッ!!

依然衰えぬ肉棒から次々と大量の体液が送り込まれた。自由奔放な輿水の射精とパンティのなかで後ろめたい雅春のものは今後の関係の象徴であるかのようだった。

ドピュ、ドピューッ！

「あぐぅ……あ、んんッ」

興奮が醒めると、とたんにタブーを犯したという背徳感に襲われた。

妹のパンティにしこたま射精し、男にフェラチオをしてしまったのだから、それも当然といえよう。

「うげぇ……」

猛烈な吐き気に襲われ、肉棒を口から離し、口にいっぱい溜まった白濁液を吐き出した。それが真っ赤なスカーフの上にドロっと滴り落ちた。

「まぁ、叔父さまの精液を吐き出すだなんて。寿々花、あなた、自分が何をしているか、わかってるの？」

玲央奈が怒気を含んだ声をあげたが、雅春はそのまま意識を失ってしまった。

第二章　童貞ペニスの連続絶頂

1

雅春が目を覚ますとベッドにいた。天蓋《てんがい》だろうか、周りがカーテンに覆われていた。部屋は六畳ほどあり、内装はいかにも少女が好みそうなものだった。箪笥《たんす》の上にはぬいぐるみが並べられていて、ドレッサーには雅春でも知っている一流ブランドの化粧品がいくつもあった。

開かれた扉の向こうにはリビングルームらしき部屋が続いていて、瀟洒《しょうしゃ》な勉強机とハンガーに吊るされたセーラー服が見えた。

「……」

雅春は身体を動かそうとして、自分が拘束されていることに気づいた。手足に枷が巻かれているのだ。枷はベッドの四本の支柱から伸びた鎖に繋がれていた。

（ここはどこだ？）

昨晩の出来事が急に蘇《よみがえ》り、喉に粘液が残っているような気がして不快だった。

（寿々花は？　妹はどこにいるんだ？）

輿水は寿々花を里子に出すと約束したが、はたしてそれを実行するだろうか。

急に不安になってきた。

考えがまとまらないうちに、部屋のドアの鍵を外す音が聞こえた。

「ッ!?」

玲央奈と一人の少女が入ってきた。

二人ともメイド服だったが見知らぬ少女のほうは超ミニスカートを穿いていた。身長も百四十五センチ程度しかないだろう。頬がまだ子供っぽいロリータ美少女である。髪をお団子にまとめてメイドキャップをかぶっているのが似合っていた。

「紹介するわ。奴隷メイドの優衣《ゆい》。小学六年生よ」

「しょ、小学生!?」

雅春は思わず素っ頓狂な声をあげた。

「優衣です。〝寿々花〟お嬢様……以後、お見知りおきを」

少女はお腹を押さえながら深々と頭を下げた。

そのときグルグルとお腹が鳴る音が聞こえてきた。

優衣は苦しそうな顔をしている。

「無知なお嬢様が心配しているわよ？　あなたはなぜお腹の調子が悪いの？」

小学生メイドは指示に従った。

「奴隷メイドはお嬢様方の朝のお支度をする前に……グリセリン浣腸をしていただきます」

雅春は唖然として言葉を失った。優衣の顔が蒼褪《あおざ》めているのは浣腸を施されていたからだ。

「さっさとなさい。仕事を終えるまでウンチはさせないわよ」

「うぅ……」

優衣は泣きそうになりながらベッドに上がると布団を剝いだ。

提灯《ちょうちん》袖のネグリジェを着せられている雅春は羞恥で顔を赤く染めた。

「失礼します」

さらにそう言ってネグリジェの裾を捲り上げた。

「ああ、やめてくれ！」

雅春はパンティを穿かされており、しかも朝勃ちで縁が浮き上がり、今にもペニスが見えそうになっている。

「お、男ッ⁉」

今度は優衣が啞然とする番だった。それがすぐに嫌悪と侮蔑の表情に変わっていった。

「他のメイドたちに言うんじゃないわよ」

玲央奈が釘を刺した。

雅春たちが屋敷に到着した際、奴隷メイドたちが目隠しされていた意味がようやくわかった。

「……かしこまりました」

「じゃあ、朝の仕事をなさい」

「はい」

優衣は雅春の股倉に顔を近づけたかと思うと、パンティ越しに亀頭をパクリと口に咥えた。そして、お腹を押さえながら口淫奉仕を開始した。

小さな舌がクルクルと動き回り亀頭や肉竿を刺激してくる。木綿が唾液とカウパー氏腺液によって瞬く間に湿っていった。

「小学生にフェラチオを教えてもらうのよ？　寿々花ちゃん」

「うぅ……僕は寿々花ではない……」

「でも、あなたは寿々花の身代わりでしょ？」

「寿々花はどこ？」

「約束どおり里子に出したわよ。でも、あなたが従順でないと彼女がどうなるか、わかるわよね？」

「……はい」

それが言葉だけだとしても寿々花の無事を知って少年は少し安堵した。

「自分が寿々花だと認めるわね？」

玲央奈の唇はまるで血を吸ったように真っ赤だった。雅春はゾッとした。

「……はい」

「じゃあ、『愛奴の寿々花は牝十四歳です。射精でパンティをベチョベチョに汚します』とお願いしなさいよ」

「そんなこと言えません……」

雅春が拒絶すると、玲央奈は優衣を引き離した。

少女はお腹を押さえて顔を顰《しか》めた。身を捩るたびにスカートから卑猥なパンティが露呈していた。

「お願いです。お嬢様、ご奉仕をさせてくださいませ」

「うぅ……」

「このままだと漏れてしまいます。粗相をしたら、私、今度は学校でも漏らさないとなりません。好きな人が隣の席にいるの……」

優衣が必死で懇願してきた。

「あああ……僕は奴隷の寿々花です。ぺ、ペニスを舐めてください……んひゃ」

玲央奈が促すと美少女は先ほどよりも激しく肉棒をしゃぶりはじめた。

この屋敷でさんざん仕込まれたのだろう。奴隷メイドのテクニックは凄まじいものがあった。あまりの気持ちよさに直接ペニスをしゃぶってほしいという浅ましい願望さえも芽生えてしまう。

(僕は卑しい人間にはなりたくない……相手は小学生だぞ。くぅ、イッてはダメだ。でも、早くイカないとこの娘が苦しむことになる)

二律背反な状況で雅春は逡巡《しゅんじゅん》したが、次第に自分を正当化するのだった。

「パンティからクリペニスをはみ出させたらだめよ」

玲央奈が笑っている。

優衣が小さな手で肉棒の根元を摑んできた。そうすることでパンティに肉棒の形がくっきりと浮かび上がった。

「ああ……パンティが汚れてしまう！　あひぃんッ！」

「ほら、しごいてやりなさい」

玲央奈の指示どおり少女は濡れたパンティの生地で裏筋を擦っていった。すでに会陰まで達している絶頂感から少年が逃れる術《すべ》はなかった。

そこから一気に快楽の渦に呑み込まれていく。これ以上ない疼きがペニス全体に拡散し、大量の精液が鈴口に向かって駆け昇っていった。

「ああ、イクぅーーーッ！」

優衣はとっさに顔を離した。

実の妹のパンティの中で芋虫が何度も痙攣し、みるみる染みが拡がっていった。

2

「お風呂にしましょう」

枷を外された雅春はネグリジェを脱がされてから、再び後ろ手に拘束された。そして精液で汚れたパンティを穿かされてリビングに連れていかれた。

リビングは十二畳ほどの広さだった。寝室と同じように乙女趣味の部屋だった。ただし、どの窓にも鉄格子が嵌《は》められているのが異様だった。

雅春は室内を眺めて不安と恐怖がますます募ってきた。輿水が本気であることがわかったからだった。だが、感情に浸っている間もなく浴室へと連行された。

浴室はユニットバスだが、八畳ほどの広さがあった。

「ひぃ！」

雅春はそこに足を踏み入れた瞬間、小さな悲鳴をあげた。

猫足のバスタブが中央に置かれ、すでにミルク湯で満たされていた。湯には薔薇《ばら》の花びらが浮かんでいる。また、小さな乾燥機らしきものが隅にあった。しかし、何より驚かされたのは、手前に和式便器が二つ並んでいることだった。便器に跨がるとちょうど鏡張りの壁と対面するようになっていた。しかも、いちばん手前にある便器の底には陶器製の三十センチはあろうかという細長い男性器が屹立していた。

「この便器はわかる？」

雅春は首を横に振った。すると、玲央奈が嬉しそうに答えた。

「白鷗学園のやつよ」

「え？」

「叔父さまが洋式便器を寄付したから、代わりにいらなくなった和式便器をもらってきたのよ。もちろん、あなたのためにね」

そういえば春休みの間に女子トイレに洋式便器が設置されたと寿々花が言っていたのを思い出した。

「今まで何千人っていう女子がオシッコやウンチをした便器よ。もちろん、私も里桜もあなたの妹もね」

便器をよく見れば前隠しの部分に「白鷗学園女子便器」とわざわざ象嵌《ぞうがん》されていた。

「いやだぁ……」

雅春はその場から逃げようとしたがすぐに玲央奈に押さえられてしまう。

「優衣、見本を見せてあげなさい」

「……男性の前でですか？」

さすがの優衣も羞恥心を露《あらわ》にした。

「ぐだぐだ言っていると、そのまま小学校に行かせるわよ」

「お許しください……それでは排泄の作法をお見せします」

「さっさとなさい」

お腹を押さえた優衣は耐えがたい排便欲の苦しみに負けてディルドウ付き便器を跨いだ。

(嘘だろう……僕の前でまさか……)

優衣は卑猥なTバックを膝まで下ろして腰を落とした。そして慣れた手つきでディルドウにローションを垂らし両手でお尻を開くとそれを菊蕾の中に迎え入れていく。

「んあぁ……ッ！」

細い顎を天井に向け顔を上気させた。雅春は思わず視線をそらした。

「しっかりと便器の使い方を見なさい」

「……女の子のこんな姿を見るなんて……」

雅春が命令を拒絶したとたん、パンティ越しに萎《しお》れた肉棒をぎゅっと握りつぶされた。

「いぎゃあ……」

「目をそらしたら本当に潰すわよ」

痛みのあまり優衣の隣に正座した。

「まずはこちらの便器で絶頂しながらオシッコをします」

優衣は両手をタイルにつけてお尻を上下に動かしはじめた。そのたびにヌチョヌチョと卑猥な音が肛門から聞こえてきた。ディルドウの表面に黄金《こがね》色の水滴がゆっくりと流れ落ちた。

ロリータ少女は人目を気にしている余裕などないのだろう。顔を上げると鏡に自分が映っていた。恥丘の薄い陰毛が痛々しかった。

「あ、あうぅん、あ、ああん」

浴室に少女の甘い吐息が反響する。雅春は先ほど射精したばかりだというのにすでに肉棒を膨らませていた。

それはすぐに玲央奈に見つかり揶揄《やゆ》された。

「勃起してるの？　なんて卑しいのかしら」

「ああ、ごめん。こんなのを見せないでくれ……」

「何を言っているの。あなたは女子トイレに入るだけで勃起するような卑しい牝奴隷になるのよ？」

「そんなの嫌だぁ……」

雅春の拒絶する声を掻き消すように優衣が大きく喘いだ。

「あ、あんん……イキます。優衣、イクぅ!!」

幼い恥裂から蜜汁を滴らせながら、少女は全身を痙攣させながらピューと放尿を始めた。

間近で少女の排泄姿を見せつけられるとペニスがいっそう硬くなった。しかし、次の行為には啞然とし、瞬きするのさえ忘れてしまった。

なんと少女は膝を震わせながら立ち上がると、隣の便器に移動しそこでブリブリと卑猥なオナラを響かせながら糞便をひり落としたのである。

「うぅ……」

少女は泣きながらすべてを終えると紙で陰部を拭き清めた。糞便をそのままにして立ち上がったかと思うと、脱衣室からイチジク浣腸を持ってきた。

「次はお嬢様の番です」

「ひぃ……いやだ」

優衣の顔には同じ目に遭わせたいと書いてあった。

雅春は前屈させられ、そのままパンティを脱がされると、直腸にイチジク浣腸のノズルを一気に奥まで差し込まれた。

「やめて、やめてくれぇ！　ああ!!」

抵抗するだけ無駄だった。冷たい浣腸液に身体が驚いてしまう。浣腸液が染み込んだ直腸はすぐさま激しい蠕動《ぜんどう》運動を始め、続いて猛烈な排便欲が襲ってきた。

「まだ二個も残ってますよ。そんなに卑しくお尻を振ってはいけません」

優衣は茶化すように雅春の尻を叩いた。

立場が変わったせいか幼いメイドは今度は余裕のある態度を取った。小学生にして女のしたたかさを見せていた。一方、雅春は破瓜に震える乙女のように初浣腸に身悶えている。

「いひぃ！」

優衣は雅春の尻を何度もスパンキングした。

年下の少女に責められる屈辱感はひとしおだったが、今は排便欲でそれどころではなかった。

そんな少年の心の隙を玲央奈が見逃すはずがなかった。

「お願いしたら、もう一個の浣腸を許してくれるかもよ？」

「これ以上はもう無理だ……あぁ、トイレに行かせて」

「そんなことを言うと、あと二個追加になるわよ？」

「何でもするから、あと一個だけにしてくれ」

欲望の前に雅春の精神はひとたまりもなかった。

玲央奈はニッコリ微笑んで雅春の耳元に囁いた。

「ひぃ……そんなこと言えない……」

想像以上に卑猥な言葉に雅春は少女のように嫌々をした。しかし、無防備な肛門は相手の思うがままだった。優衣が二個目のイチジク浣腸を深く突き刺してきた。

「やめてくれ！」

浣腸液がゆっくりと注入されはじめた。

「注入が終わるまでにうまくセリフが言えたら、この浣腸で終わりにして差し上げますわ」

そう言いながらも、少女はときおりピュッピュッと勢いを強めてくるのだった。そんな脅しを受けては、美少年は屈服するしかなかった。

「ああ、優衣さん。僕のお尻に浣腸してくれ。そして……ああ……ウンチをする恥ずかしい姿を見て……あぁ、見ないでくれ」

「どうでしょうか？」

優衣は玲央奈に判断を委ねた。

「そうね。男言葉だし、口上もまだまだだけど及第点を与えてもいいわ」

「男の人に甘いです。里桜お嬢様なら一言一句でも間違えたら浣腸を追加するのに……」

「まだ初日だから手心を加えているのよ」

「それなら……」

優衣は不満顔のまま浣腸液の残りを一気にブチューと押し出した。そして浣腸を引き抜くと、パンティを引き上げた。

浣腸は効果覿面で美少年の無垢な尻穴がヒクヒクと躍り出した。

「どうかトイレに行かせてください」

「目の前にあるでしょう？　さっきやり方を見てたじゃない」

いつの間にかパンティの縁《へり》からペニスが顔を覗かせていた。隠したくても両手を縛られているので身を捩ることしかできなかった。懊悩する雅春に優衣が恭《うやうや》しく語りかけた。

「お嬢様のお世話をするのが奴隷メイドの務めです。何かご用があったら申しつけくださいませ」

「くぅ……」

少女の視線は少年の股間に注がれていた。

「どうしたの？」

「うぅ……」

「何度もやり直しさせるわよ？」

玲央奈の脅しが決め手となり雅春は屈服して声を絞り出した。

「……どうか、パンティを脱がしてください。うぅ」

火が出るほど恥ずかしい哀願を、しかも小学生にしてしまった。言葉どおりパンティを抜き取られた。

「まぁ、こんなに汚して恥ずかしい」

背中を押されてディルドウ付きの便器を跨いだ。

「さぁ、私が滑りやすくしておりますので遠慮なくお使いください」

陶器のディルドウは新しいものなのだろう、何十年も使い込まれた便器よりも白かった。それゆえにべっとりとこびりついた糞便のぬめりが妖しく強調された。

項垂《うなだ》れた雅春は仕方なく膝を折っていく。ついにディルドウが菊蕾に触れた。

「そのままお漏らしをしたら、次はイチジク浣腸五個ですからね」

優衣が調子に乗って脅してきた。

切羽《せっぱ》詰まっている雅春は捨て鉢な気持ちでお尻を落とした。

肛門の括約筋が無理やり押し開かれズボズボと陶器製の男性器が侵入してきた。排便を堰《せ》き止める代償に肛門にがっちり栓をされてしまったのだ。

「ああッ、もうダメだ。無理だ！」

あと少しで抜けると思った瞬間、玲央奈と優衣が両脇から雅春の身体を押さえつけた。そのせいで、先ほどよりも腸内深くに異物が侵入してしまった。そしてそのまま二人は雅春を抱《かか》え、上下に揺さぶった。雅春は苦痛で立ち上がろうとするが、そのたびに二人に押さえつけられるかっこうになる。

雅春は意図せず上下運動を繰り返してしまう。

「んんんッ、お願いです。もうやめてくれ！　お尻が壊れる！」

「それくらいで壊れたりしないわよ、大げさね」

あろうことか肛門に異物を挿入された雅春は額に脂汗を浮かべながら身悶えた。身体の中心では少年の肉棒が上下にブルンブルンと揺れていたが、それを見た玲央奈が指で弾いてきた。

「ここがこんなに元気なのに、やめてくれと言われてもねえ。まったく説得力ないわ」

そう言って勃起したペニスをしごきはじめた。

「あ、あぐぅ……やめてくれ、で、出てしまう！」

尿意も高まった中での勃起はわけがわからなかった。

「ほら、早く出しちゃいなさいよ」

おぞましいアナル感覚に翻弄され、夥《おびただ》しい先走り液が溢れ出させた。

絶頂が急激に迫ってきた。

「あ、あああ……イクッ！　んぐぅ!!」

尿道を灼《や》くように熱い精液が駆け抜けていった。

そのとき、亀頭がパンティでくるまれた。

肉竿は一気に膨張し、ドクドクドクとパンティの中に二度目の射精をぶちまけてしまった。

それと同時に肛門括約筋を勝手に締めつけてしまう。倒錯的なアナル快楽が身体に刻みつけられた。

「ああーッ！」

雅春は激しい射精を終えると、ぐったりとした。

「さぁ、今度はオシッコするのよ」

「……あぁ」

シャーと排尿が勢いよく開始された。

「奴隷は自分のパンティで拭いてもらうのよ」

グシャグシャになったパンティを手にした玲央奈はペニスを摘み上げ、パンティのクロッチを亀頭に押し当てて水滴を吸った。

その後、隣の便器に移動すると、優衣の糞便の上に自分のウンチをひり出した。白い便器は酷い有様だった。しかし、そのときこのうえない排便欲の快楽に浸ったが、その直後、猛烈な屈辱と羞恥に襲われるのであった。

3

それから、雅春は玲央奈とミルク風呂に入ることになった。

その間、射精まみれのパンティは洗濯されぬまま乾燥機の中に入れられていた。

雅春は玲央奈に背後から抱きつかれ、身体や髪の毛の手入れをされた。

「私が来られないときは、下級メイドがやってくれるわ」

玲央奈はそう囁きながら膨張した海綿体をしごいた。

すでに二度も絶頂に達しているのに勃起してしまう自分の股間が雅春は憎かった。

「ほら、優衣。便器を綺麗になさい」

「かしこまりました……」

優衣は便器を素手で雑巾がけしている。

「そろそろ仕上げるのよ」

「……はい」

優衣は便器に顔を近づけると舌を伸ばして舐めはじめた。外側だけではなく内側にも顔を埋《うず》めて綺麗にしていく。

「ッ!?」

「あんたも粗相をしたら、ああやって舌で掃除させるから覚悟しなさいよ」

雅春は嫌悪感があったが、なぜか肉棒だけはピクピク跳ねている。

「あら、卑しいクリペニスちゃんね。女子便器を見て昂奮したのかしら？」

「あ、あああぁッ！　違います……そんなにしごいたら……くひぃ」

「うふふ、いずれは学校の便器も舐めさせてあげるわ。里桜のようにね」

薄れゆく意識の中で最後の言葉はよく理解できなかった。

すぐに快感が全身を痺れさせていく。

恐怖も不安もその瞬間だけは消え失せた。

入浴が終わったあと、雅春は自室に監禁された。

今度は妹の冬用のセーラー服を身につけさせられ、乾燥が終わったパンティを穿かされた。

やがて食事が部屋に運ばれてきた。残すと罰が与えられるというので食欲がなかったが無理やり食べた。

何気なく窓の外を眺めていると、玄関ポーチに高級車が横づけされるのが見えた。すると玲央奈に曳かれながら裸の里桜が四つん這いで車に乗り込んでいった。

(……僕もいずれ……寿々花として学校に通うことになるんだろうか？　そんなの無理に決まってる)

不安を打ち消そうとしても、ますます強くなるばかりだった。

気を紛らわせるために部屋を調べてみたが逆に滅入ることになった。

クローゼットには寿々花の使用済みパンティやパーティドレス、フォーマルな服、晴れ着まで並んでいた。もちろんズボンは一つもなく、スカートばかりである。ブラウスも細部にフリルがあしらわれたものばかりだった。

一人がけソファにもたれて目を閉じていると、いつの間にかウトウトとしてしまった。

起こされたのは九時頃だった。

「お嬢様、いつまで寝ておられるのですか？」

スカートの長い下級メイドだった。そのやや太ったメイドは真弓《まゆみ》と名乗った。

雅春は部屋から連れ出された。

「どこに行くんですか？」

「調教師様のところです」

「調教師!?」

「ええ、お嬢様をどこに出しても恥ずかしくない奴隷に育ててくださいますわ」

「ぼ、僕は……お嬢様なんかじゃないんだけど……」

「私は美容師なのであとでその長い髪を可愛く整えて差し上げますわ」

真弓は雅春の言葉など聞こえなかったかのように淡々と説明していく。

二階の執務室と呼ばれる部屋の前まで来ると、吹き抜けの玄関ホールを見下ろせた。

真弓が扉を叩く。

「調教師様、新入りのお嬢様をお連れしました」

「お入りなさい」

中は薄暗かった。すぐに窓がないからだと気づいた。壁には書類が天井まで積み上げられ圧迫感があった。

デスクの向こうには女が座っていた。三十代前半だろうか、狐のように細い切れ長の目をしていた。アップにした髪型がよりいっそう妖艶さを演出していた。だが、美女ではあるが見るからにサディストを思わせる雰囲気を醸し出していた。彼女のスーツ姿はまるで軍服のようだ。

「はじめまして、吉沢聡美《よしざわさとみ》と申します。お嬢様は渡里寿々花ですね？」

聡美は言葉遣いこそ丁寧であったが、聞く者に冷徹な印象を与えた。

「お嬢様……僕は……雅春……です」

「あらおかしいわね。ここにいるのは寿々花のはずですよ。あなたが男の子だと主張するなら女の子を連れ戻さないとならなくなりますね」

妹を人質にされては何も言い返せなかった。

「さて、もう一度、聞きますけど、あなたの名前は渡里寿々花でいいのよね？」

「……はい」

「じゃあ、自分の名前を口に出してごらんなさい」

「僕は……わ、渡里……す、寿々花です」

聡美は机に上にあった鞭を手に取り立ち上がった。すると百七十五センチ近くの長身であることがわかった。背が低い雅春からすれば、それだけで威圧感があった。

「さっそくそのセーラー服を脱いでもらいましょうか、寿々花お嬢様」

逆らっても無駄なことを悟った雅春は言われたとおり裸になった。制服だけでなく黄色い染みをつけたパンティまで奪い取られた。

「牝豚の里桜お嬢様よりもエッチな臭いをさせていますね」

雅春は股間を隠したまま聡美に懇願した。

「これは犯罪行為ですよね？　ご主人に話をさせてください」

「残念ですがご主人様は私と入れ替わりで昨晩のうちにシンガポールにお発《た》ちになったわ。お嬢様をひと目見るためにご主人様が貴重な時間を割《さ》いてくださったのですよ。それなのに、粗相をしでかしたそうですね。ご主人様がお戻りになるまでに私がお嬢様を立派なレディにお育てしますわ」

「僕は……」

すべてを言い終える前に言葉を被せられた。

「実は私も男の子を牝奴隷に飼育するのは初めてなので、朝からワクワクしていますのよ」

ゾッとするような冷笑を浮かべた。雅春は寒気がした。

「例の衣装を用意してあげて」

「かしこまりました」

執務室の奥の部屋に真弓が消えたとき、雅春は今なら逃亡できるかもしれないという思いが一瞬頭をかすめた。

だが、雅春は裸である。この部屋を出たとしても屋敷の中にはまだ何人もメイドがいる。屋敷や敷地の構造も不明である。それに、やはり妹が気がかりだった。もし逃げ出せたとしても、その罰として妹が屋敷に引き戻されて呼ばれたとあれば悔やんでも悔やみきれないだろう。

「妹は、妹は……どこに行ったんですか？」

「横浜にお送りいたしました。由緒《ゆいしょ》ある家の養子になる段取りが進められております」

雅春の表情を読んだ聡美が話を続けた。

「義父にばれないように新しい名前になり、学校にも頃合いを見て転校させてくださる手はずになっていますわ。もっともそれは寿々花お嬢様が素直ないい子だった場合の話ですよ」

「うぅ……」

輿水の意向どおり聡美は雅春を女として育てようとしているのだ。

(女になんかなりたくない……)

そう思った瞬間、真弓が隣の部屋から台車を押して戻ってきた。

台車の上には真っ赤なハイヒールや白いコルセットなどが載せられていた。それに何やら妖しげな機械も見えた。

「な、何をする気だ!」

「女の子にふさわしい格好をしましょうね」

そう言って聡美は白いコルセットを手に取った。

「近づかないでくれ!」

雅春が聡美の手を払いのけると、コルセットが手から落ちた。

「可愛い顔をして意外と凶暴ですね。少し去勢しないといけないかしら」

聡美が顎で合図を送るとガタイのいい真弓が雅春を押さえつけた。暴れてもビクともしない。聡美は革製の頑丈そうな首輪を手にした。前面には金のプレートに「愛奴・十四歳/寿々花」と上下二段で刻印されていた。

「やめろ! 僕は動物じゃないんだぞ!」

「まぁ、何言ってるの、あなたは家畜よりも劣るかもしれませんよ? 思い上がりもいい加減にしないといけませんわ。首輪を見てみなさい」

そう言って首輪の内側を見せてきた。首輪の一部に金属製のプレートが嵌め込まれ、「牝」と書かれていた。何を思ったのか聡美は首輪を雅治の腕に巻いた。

そして小さなリモコンのスイッチを入れた。

「ぎゃあ、あ、熱い！」

「このリモコンは私以外にご主人様と玲央奈さんが持っていますわ。さっきのように反抗的な態度をとったらお灸が据えられることになってますから注意してくださいね」

腕から首輪を離すと皮膚が赤くなっていた。

「一度や二度では火傷《やけど》にはなりませんわ。でも、何度もやればそれ相応の傷になります。言うことを聞かないと一生消えない烙印が残りますからね」

「そんな！　どうかやめてください」

「お嬢様がいい子になれるきっかけを与える首輪ですよ？」

雅春は必死で抵抗したが、真弓の腕力であっさりと首輪を嵌められ南京錠で施錠された。

第二次性徴がやや遅れている十五歳の美少年の細い首には無骨な首輪が皮肉なほど

よく似合っていた。

「改めてコルセットをつけましょうね」

「……」

「あら、返事はないのかしら？」

リモコンを向けられると雅春はようやく調教師に迎合したのだった。

「……コルセットをつけてください」

「拾って持ってきなさい」

4

コルセットを着用させられた雅春は屈辱に打ちひしがれた。

フリルで縁《ふち》取られた純白のコルセットは、ロリータファッションを思わせた。だが実際はそんな生易しいものではなかった。コルセットを締め上げられ、腹部が押し潰され、肋骨は軋むように痛んだ。

さらに弾性スリーブとストッキングも乙女趣味の意匠だった。しかも、本来はむくみ予防に開発されたものなので、非常にキツいものだった。

一方、平坦な胸と薄桃色の乳首は丸見えになっており、半勃ちの肉棒も晒されていた。

赤いハイヒールを履いた美少年は直立するのも困難だった。

「そこの椅子に座りますか？」

すぐそばに高級そうなアームチェアが置かれていた。椅子の足には鎖付きの枷があり、高い背もたれの天辺にも手枷があった。

「……この椅子は……」

リモコンで脅されるとその椅子に座るしかなかった。

「お嬢様、座り方が違いますわ」

「うぅ……」

「女の子は両手を重ねて座るものですよ」

言われたとおり両手を重ねた。すると硬くなった肉棒が邪魔だった。

「膝を重ね合わせて少しずらしてシナを作るのです。そうそう、そんな感じでございます」

「……」

「男の子なら傷の一つや二つはあると思ってたけど綺麗な膝をしていますね。手も足も女の子並に小さいですし……」

実際手足が小さいのは雅春のコンプレックスだった。フォークダンスで女子と手を握った際、「女の子の手みたい」と言われたことが恥ずかしい記憶として残っていた。

聡美が太腿の付け根から聳え立っているペニスに目をやった。

「そのくせ男の子の象徴はなんて大きいのかしら……面白い身体をしていますね」

「……もう許してください」

「何を言っているのですか？　これから奴隷の座り方を教えてあげますから、股を開くのですよ」

渋々ながら美少年は指示に従った。もっと開くよう言われたが、肘置きに太ももがぶつかってしまった。

「……もう無理です」

「脚を上げてください」

「そ、そんなぁ……」

このまま肘置きに脚を載せたら、屈辱的な格好になるのは目に見えていた。

「できないのですか？」

調教師は首輪のリモコンを手にして雅春にプレッシャーをかけてくる。

「ああ……」

美少年は脚を持ち上げて肘掛けに乗せた。思いのほか、大きく開脚することになった。肉棒や陰嚢、会陰、さらにはアヌスまで晒されてしまう。

「これが愛奴が座るときの作法ですよ。ご主人様にいつでも股を弄《いじ》ってもらえるようにするのです。わかりましたね？」

「……はい」

美少年は涙を流しながらコクリと頷いた。

「うふふ、素直な寿々花お嬢様にご褒美をあげますわ」

聡美は美少年のペニスを摑むと激しく擦り出した。すでに三回も射精しているので、局部がヒリヒリして痛かった。

「これからはオナニーも自由にしたらダメですからね？　したいときはお願いするのですよ」

「そんな恥ずかしいこと言えるわけがない……」

「どうでしょうか？　案外、そのうち自分からおねだりするようになると思いますわ」

「そ、そんな……」

うろたえる美少年を見た聡美と真弓がニヤッと嗤った。

数瞬遅れて少年は自分の失言に気がついた。

「女の子よりも可愛い顔をしていても、やることはやってんだ」

真弓がいやらしく言う。

「オナニーができないように手を括《くく》ってあげなさい」

聡美の指示により雅春は手足を拘束されてしまう。

「歴代の愛奴がこの椅子で数えきれないほど絶頂に達したのですよ」

「……え？　あ、あひぃ」

聡美は細い指を器用に動かして男の弱点を的確に責めた。

特に包皮が剝けたピンク色の王冠部分を執拗に嬲ってくる。

「この射精が終わったら、お嬢様を真性包茎に戻しますからね」

「し、真性包茎？」

「そうです、これから勃起するたびに痛い思いをしていただきます」

「そんなの嫌だ！」

そのとたん聡美が指を急に離した。

「……くぅ」

絶頂寸前まで高められた肉棒はもどかしいのか、上下に揺れ動いている。

「やっぱり若いだけあってすごい元気ですね」

聡美は人差し指を舐めると指の腹でゆっくりと裏筋をなぞりはじめた。それは本当にゆっくりで蛞蝓《なめくじ》が這うような感触に襲われた。耐えようと思えば射精を我慢できるが、その気になりさえすればたちまち射精してしまいそうなギリギリの匙《さじ》加減だった。

「この指が亀頭まで達したら、射精はなしのまま真性包茎にしますからね」

「ああ……」

雅春はわずかに自由になる腰を動かして、ペニスを聡美の指に押しつけようとした。

「あらあら……淫乱ですね」

「ああ、違います！」

「これからもっと楽しいことを教えてあげましょう」

聡美は一転して肉棒を握りしめると激しく擦りはじめた。

「ああ……」

肉竿が一気に膨張したかと思うと、熱い液体がペニスを駆け抜けていった。

四度目だというのに精液が宙を舞った。

「まぁ、たっぷり出したわね」

真弓が嗤いながら蒸しタオルで股間を拭いた。

不意に聡美が鋏《はさみ》を近づけてきたので、恐怖にペニスが縮み上がった。

しかし、狙いは陰毛だった。聡美は躊躇することなく細い毛をザクザクと刈り込んでいった。

「接着剤に陰毛が絡んだら大変ですからね」

萎えたペニスを摘ままれ包皮を剝かれた。綺麗なピンク色の亀頭に医療用接着剤を丹念に塗られ、ゆっくりと包皮を戻された。

「調教師様、今度はわたしにしごかせてくださいませ」

図々しい真弓がしゃしゃり出てきた。

「ええ、いいですよ。でも、イカせたらダメですからね?」

「わかっております」

顔は性格を表すというが真弓はまさにそれだった。嘲笑によってさらに顔が醜く見えた。真弓はだらりと垂れたペニスを掴むと激しく擦った。すでに四度も射精しているので、気怠《けだる》さと痛みしかなかった。だが、卑しいペニスは刺激を受けると再び勃起しはじめる。しかし、途中で皮膚がつっぱり痛みが走った。それでも、おかまいなしに肉棒は勃起するのだ。

真性包茎にされた包皮からは、亀頭がわずかに顔を覗かせるだけだった。

「ああ、痛い、痛い……」

「気持ちよくなるように擦ってあげる」

「早く手を離してくれ！」

「まぁ、乱暴な口調だこと……わかったわよ、お嬢様」

のたうちまわる芋虫のように若い肉棒が身悶えしている。

「お嬢様の桃色の可愛い亀頭が隠れてしまったのは残念だけど、オチ×チンが肌色だから見栄えは綺麗ね」

そう言って真弓が指先でペニスを弾いた。雅春は次第に膨張する亀頭が包皮を破らないか不安でならなかった。

鬼畜の所業はそれで終わりではなかった。

「次はここをツルツルにしてあげますわ」

短くなった陰毛を聡美が摘みながら言った。その間、真弓が電気針脱毛器の用意を始めた。

妹の剃毛時とはまったく異《こと》なる器具を見て雅春は恐怖を覚えた。みるみるペニスが萎れていったのだが、すぐさましごかれ否応なく勃起状態に戻された。

「用意が整いました」

「それでは始めましょうね、お・嬢・様」

聡美が雅春の恥丘にマジックで「牝」と書くと、絶縁針を構えた。

「何をするつもりなんだ……」

「わかりませんか？　永久脱毛ですよ。でもご安心ください一部だけですから」

陰毛をピンセットで引っ張り上げ、針を根元に突き刺した。そしてボタンを押すと、とたんに針先に電気が流れた。

「んぎゃぁあッ！」

はかなげな陰毛がするっと抜け落ちた。

「また生えてくるでしょうね。でも、そのつど、灼《や》いてあげますわ」

「……そんなことされたら、学校で着替えられないよ……」

雅春が男子たちからツルツルの股間を見られ馬鹿にされることを思い描いた。

真弓がおかしそうに笑ってツッコミを入れた。

「うふふ、お毛々を気にするよりも、チ×ポがあるのに女子更衣室や女風呂に入るほうを気にすべきでは？」

「じょ、女子更衣室!?」

「ええ、寿々花お嬢様は女の子ですからね」

再び毛穴に針を突き刺された。電熱が毛根部を灼いていく。

「いひゃぁッ！」

身を捩ると肉棒がしなった。

「調教師様、お嬢様が苦しそうで見ていられませんわ」

真弓の助け舟に少年はすぐさま縋《すが》りついてしまった。

「……どうか、助けてください」

「痛いばかりではあんまりだから気持ちよくさせてあげるわ」

メイドはその太い指で、雅春の乳首を摘まみコリコリと転がしはじめた。

「ああ！　いぎゃあああ!!」

その一方で再び電気針が毛根を灼いていく。

電気針を二十回刺されたあたりで、聡美の魂胆がようやく見えてきた。「牝」という文字の部分だけ毛を残すつもりなのだ。

「やめてくれ！　やめろぉ！」

乳首を抓《つね》られるうちに奥からジーンとする疼く快感が芽生えてきた。

「あらあら、乳首が尖ってきたわよ？」

「嘘だ！　そんなことない……いぎゃあぁ！　もう針はやめてくれ！」

「これくらい膨らめば、何とかクリップで挟めそうね」

真弓が新しい器具を取り出してきた。ボックスを経由したコードは二股に枝分かれして、その両端に鰐口《わにぐち》クリップがある。見るからに凶暴だった。

それを乳首に装着されたからたまったものではなかった。

「痛い、痛い！　乳首がもげる。取ってくれぇ！」

雅春の訴えに今度は聡美が冷酷に答えた。

「これくらいでもげたりしませんわよ。予定より早いですけど、乳首にも通電治療を始めましょう。女の子よりも敏感な性感帯になるよう開発してあげますわ」

陰毛に電気針を刺し通電される一方、乳首にもビリッと電気が流れた。

「あぎゃあああぁッ!!」

突き刺すような痛みが小さな乳首から拡がっていく。

亀頭の封印からくる痛み、陰毛を灼く針の鋭い痛み、そして乳首への電流、それらがないまぜになって、美少年の肢体に襲いかかった。

「今日の永久脱毛はこれくらいにしておきましょう……真弓、ご褒美をあげてください」

「よく頑張ったわね」

聡美の指示を受けた真弓がナマコのような形のシリコン製の筒のようなものを手にした。先端には小さな穴が開いていて、そこを亀頭に押しつけたかと思うと、一気にペニスを筒で覆ってしまったのである。

その筒は半透明なので、ペニスが出入りする様が透けて見えた。

シリコンの内部をよく見ると、触手のような襞が張り巡らされている。

「あああああ……」

苦痛と快楽が次々に襲ってくる状況に身体がバラバラになってしまいそうだった。

「や、やめてくれぇ……出る……ああ、痛い、痛い……クリップを取ってくれ……」

「そのうちそれが大好きになるわよ」

「ならない、なるもんか……あ、あぐぅ!!」

声を張りあげないと完全に屈服してしまいそうだった。

しかし、少年の声は二人の女の嗜虐欲をよりいっそう煽るだけだった。

ズボボとシリコン筒をペニスの根元にまで押し込まれた。大きな芋虫が小さな芋虫を飲み込んだような異様な光景だった。真弓はさらにその器具を回転させた。

シリコン内部の触手のような襞がまるで生き物のように肉棒に絡みついた。

「あああぁ、もうダメだぁ!!　くぅ！」

ペニスが一気に膨らんだ瞬間、粘度の高い白濁液を噴出させた。

雅春は泣きながら五度目の絶頂を迎えたのである。

5

昼頃、調教はいったん中断された。

雅春は食欲がなかったが、無理やり食べ物をかき込んだ。

午後から行われたのは乳房の整形手術だった。

医師免許を持つという聡美が、生理食塩水を乳房に注入したのである。サイズは小学生メイドの優衣の乳房くらいはあるだろう。

生理食塩水は一日から二日程度で身体に吸収されてしまうと説明されたが、雅春は上《うわ》の空だった。

昼食後は美容師の真弓に髪の毛をカットされた。

新しい髪型や化粧を施された顔を鏡で見ると次から次へと涙が溢れた。ここまで絶望感を味わったのはもちろん初めてのことだった。

それから最上階の部屋に移動し、絨毯《じゅうたん》の上で正座させられた。

窓から夕陽が差し込む部屋はリビングだけで三十畳ほどはあり、大人びたシックな内装で統一されていた。

ほどなくして扉が開き、玲央奈が入ってきた。

セーラー服姿の雅春は額を床に押しつけて女主人を迎え入れた。

「……玲央奈様、お帰りなさいませ」

「あら、どちら様？　顔を上げてくださらない？」

芝居かかった声で言った。

「……うぅ」

雅春は言われたとおりにする。

「あら、雅春くん？」

男であるときの名前をわざと呼ぶ底意地の悪さに元少年は下唇を噛みしめた。

「……」

玲央奈は一瞬言葉を失ってしまった。

美少年の長い睫毛がフルフルと震えながら頬に影を落としている。睫毛はビューラーでカールさせられていた。伸び放題だった黒髪はおかっぱ頭にされ、見違えるようだった。

本来なら野暮《やぼ》ったくなる髪型だが類《たぐ》い稀《まれ》な美少年だと、ひと昔前の優等生美少女に見えた。

「……朝とは別人だわね。これなら誰も雅春くんが男だなんて思わないわ」

「うう……」

「さぁ、立ちなさい」

顎に手をやられ雅春はゆっくりと起立した。

「……」

「何をぼけっとしているの？　やることがあるんじゃないの？」

「寿々花の……身体をご覧ください」

雅春はセーラー服を捲り上げてコルセットの上で膨らんだ乳房を晒した。さらにスカートをたくし上げてパンティまで露にする。

「やだ、臭いパンティね。何度、イッたのよ？」

玲央奈は大げさに顔をしかめた。だが、パンティの股間部には黄色染みが幾層にもこびりついていたのは事実だった。

「……七回です」

「朝に三回もイカせてあげたというのに、私たちが学校で勉強している時間に四回も楽しんだなんて聞いて呆れるわ。ちゃんとそれぞれ説明できるわよね？」

射精の告白を同級生にするなど以前なら考えられないことであるが、輿水の姪である玲央奈にそもそも逆らうことはできないし、すべての質問には嘘偽りなく答えるのが規則だと言い渡されていたのである。

雅春は素直に四回目から説明していく。

玲央奈は神妙な顔で頷いている。

「……なるほど、四回目のあとに包茎処置を受けて、五回目は永久脱毛されながらオナホでイッたというわけね」

「……はい」

「六回目は？」

「……優衣ちゃんと同じサイズのオッパイを造っていただいて、真弓さんにしごいていただきました」

雅春は頬が真っ赤になるのを自覚していた。

「オッパイを造ってもらって感じちゃったのね？」

「……」

「違うの？」

「……おっしゃるとおりです」

雅春は素直に認めるしかない。

「雅春くんって前からなよなよしてると思ってたけど、やっぱりそっち系だったのね？」

反論することができず、元少年は項垂れるばかりだった。

「七回目は？」

「優衣ちゃんに……イカしてもらいました」

「どうやって？」

「……手で……」

「小学生におチ×ポを握らせたの？」

「うぅ……いえ、パンティ越しです」

「なぜ？」

玲央奈は目を爛々と輝かせている。

「ああ……パンティを穿いていないと、勃起して痛いもの……あぁッ」

惨めな告白を改めて意識すると雅春は女の子のようにシクシクと泣きはじめた。

六回目と七回目の射精は自らパンティを穿かせてくれと懇願したのだ。

「嘘をついたらこれで罰を与えてやろうと思ったけど、残念だけど正直に話したわね」

例のリモコンを見せつけながら玲央奈は不満そうな顔をした。

「じゃあ、股間がどうなったか見てあげるわ。さぁさぁ、パンティを脱いで早く見せてよ」

重い溜息をこぼしながら雅春はおとなしく従った。太腿を擦り合わせている姿は、すでに少女のようだ。

「とっても可愛いわ」

無毛の丘の下には皮をかぶったペニスがあった。もちろん陰嚢も不毛だった。寿々花のパイパン性器には幼女的な雰囲気はあるものの、そこに何とも言えぬ妖しさがあった。ただし、毛を剃られ皮かむりになったペニスには幼さが強調された。それでいて苦しげに勃起させている姿は、見る者の加虐欲を煽るのだった。

「寿々花は何ていう文字を書いてもらったの？」

「文字……？」

「鈍い子ね。ここに聡美さんが字を書いたでしょう？」

そう言って玲央奈は美少年の恥丘を撫でた。元から無毛だったかのような餅肌だった。

「あッ！」

「思い出したようね」

「それは聞かないでください……うぅ」

「言わないつもりなら、これでジュッとやるわよ」

忌まわしき首輪のリモコンを見せられると雅春は思わず首に手をやった。そのせいで手から離れた重い冬用のスカートの襞が亀頭を激しく擦ってしまう。

「うぅ……」

「やだ、何感じているのよ」

「ち、違います」

「嘘つくんじゃないわよ。首に火傷の痕を残したいの？」

玲央奈はここぞとばかりに目を吊り上げて非難する。

「すいません……僕はスカートで感じてしまいました」

「そうよ、最初から素直になりなさいよ。それで、何て書かれていたの？」

雅春は蛇に睨まれた蛙に等しかった。

「……め、めす」

「え？　聞こえないわよ？　もっと大きな声で言いなさい」

「あぁ……『牝』です……あぁ、男なのに……『牝』という文字をいただきました」

雅春は顔を覆って泣き出した。

「いいわね、そういう女々《めめ》しいのは素晴らしいわ」

そう言って玲央奈はリュックを開いて中から体操袋を二つ取り出した。

「ご褒美をあげるわね。どっちがいい？」

体操袋には「渡里寿々花」と「刈谷里桜」と書かれてあった。

「……」

「グズグズしてないで、さっさと選びなさいよ」

「こっちにします」

しぶしぶ妹のものを選んで着用することにした。昨日、突然、ここに連行されたので体操服は学校に置きっ放しになっていたのだ。袋を開くと体操服からはほのかに妹の甘酸っぱい匂いがした。さらにブルマからはもっと強烈な臭いが立ち昇ってきた。

綿とポリエステルの混合糸で作られた濃紺のブルマは生地が厚く野暮ったかった。そのうえ、大谷が用意していたのはSサイズなので、妹は「すぐにはみパンしてしまう」とよく愚痴をこぼしていた。

（女の寿々花でも恥ずかしいブルマを……男の僕が穿くなんて……なんて屈辱的なんだろう）

雅春は顔を歪ませながらブルマを穿いていく。玲央奈と視線が合うとついスカートで隠そうとしてしまい、それが自然に女子っぽい仕草になってしまう。そのことに気づくと自己嫌悪に陥《おちい》った。

「ちゃんと穿くのよ」

「……はい」

きついブルマをなんとか穿き終えた。勃起が押さえつけられて痛みが緩和したものの、圧迫されることで快感が高まってしまい、雅春は赤面してしまった。

（どうせ、また無理やり射精させられるんだ……手かオナホか……うう、なに期待するようなことを考えてるんだ。僕はいったいどうなってしまうんだろう……このまま本当に女の子になってしまうんだろうか）

雅春が不安に苛《さいな》まされいる間に、玲央奈は双頭の張形を持ち出した。一方は普通サイズだが、もう一方は巨根だった。特に巨根のほうは竿にミミズが何匹も絡みつくようで血管まで精巧に再現されていた。

さらに目を引くのは、竿の中心にあるソフトボール大の袋だった。

「舐めて濡らすのよ」

普通サイズの張形を近づけられた。至近距離で見るとこれでも大きく見えてしまう。

「……」

「その反抗的な目は何かしら？　首輪のことを忘れていないかしら？」

そう言って玲央奈は無理やり雅春の唇に張形を押しつけてきた。雅春は仕方なく口を開いた。

「ちゃんと舐めておくのよ」

すると玲央奈は学生鞄からカラフルな風船のようなものを取り出した。その風船には粘液が入っていた。すぐにコンドームだとわかった。

コンドームにはわざわざ男子生徒の名前が書かれていた。すべて雅春のクラスメイトだった。

「……これは？」

「見てのとおり精液よ。里桜と相互オナニーしてもらったの。これなんてすごい量でしょう？　その場で三発も出したのよ」

重たげなのは竹内《たけうち》のものだった。

町工場の社長息子のニキビ面《づら》が思い浮かんだ。その男から雅春はたびたび女々しいと馬鹿にされた。さらには妹のパンティまで持ってこいと命令した少年だ。忌まわしい記憶が蘇った。

「張形をちゃんと咥えているのよ」

玲央奈は双頭の張形の中心にある二個の袋のジッパーを開き、それぞれのなかに五人分の液状化した精液を流し込んだ。そこに片栗粉を加え袋のジッパーを閉めると、それを握って内容物を攪拌《かくはん》した。

「んん、んんんん……」

「もういいわね」

玲央奈は雅春の口から張形を引き抜き、今度は自分の嬌声をあげながら膣内に挿入していった。そして張形が奥まで達すると、天狗の鼻のように隆々と屹立した張形を突き出してみせた。

「ここのネジを緩めて、キンタマを握ると精液が噴き出すようになっているの」

確かにそうやって袋を握ると、亀頭の先端からドロッとした白濁液が噴出した。そ

れは先ほど袋に入れた少年たちの精液だった
「うう……そんなの舐められない」

「できないなら男子たちのペニスを直接舐めさせるわよ？」

「僕になんて興奮しないよ」

雅春は今度ばかりは反論できたと思っていた。

「あんたは馬鹿ね。セーラー服を着せて開口器でもすれば誰も気づかないわよ。それにこっちには寿々花のパイパン写真があるのよ？」

「ああ……僕は……寿々花じゃないのに……」

「あら、おかしいわね。自分で寿々花になると宣言してなかったっけ？」

玲央奈は頬を上気させて張形を出し入れさせながら痛いところをついてくる。

巨根サイズの張形のほうは玲央奈が使っているものよりも直径が二回りくらい大きかった。亀頭の先から溢れ出た粘液が裏筋にまで流れ落ちている。弓のように反り返った肉竿の裏にはぼっこりとしたカリ首の膨らみまでもリアルに表現されていた。

雅春は思わず顔を仰け反らせた。

「今からでも妹に泣きつくのかしら？」

「……いえ、やります」

観念した雅春はおもむろに口を開いて張形を迎え入れた。ゴムの生々しい感触に眉を顰《ひそ》めたが、それ以上におぞましかったのはクラスメイトの精液だった。それが舌に触れたとたん、吐き気がこみ上げてきた。

「んぐぅんッ！」

「しっかりと舐めなさい」

玲央奈に髪の毛を引っ張られた。雅春は思いきり口を開き、その巨大な亀頭を呑み込んだ。だが、すぐに行き止まりになったためにそこで勢いが止まり、逆に玲央奈の膣に入っていた張形がわずかに沈み込むのだった。

「こうやって私を愉しませながらしゃぶるといいわ。うまくできたらご褒美をあげるから」

「んんんんッ」

髪を摑まれたまま無理やりフェラチオを強要された。強姦されている心境だった。

「ちゃんと口で固定して張形を引っ張るのよ。ちっとも気持ちよくならないじゃない」

「うぅ……ぴちゃッ……んぐぅ」

ただ口を犯されているだけでは、玲央奈の膣道に入っている張形を一ミリも動かすことはできなかった。

「ダメな子ね。ちょっとここを見てみなさいよ」

玲央奈はいったん張形を雅春から引き抜くと亀頭の先端を見るよう促した。本物の鈴口のように穴が二つ開いていた。

「一つは空気穴で、これは胴体を貫通していてあたしのほうの張形にも通じているの。ここを吸い込むと胴体がへしゃげて張形の直径が少し細くなるから抜けやすくなるわけ。逆に息を吹き込むと膨張するようにできているの。だから、あたしに挿入するときにはそうしてね」

「んぐぅ」

再び奉仕を開始した。雅春は言われたとおり息を吸い込んで張形を引っ張った。確かに抵抗がわずかに軽減されたと思った次の瞬間、もう一方の管《くだ》にとどまっていた精液がジュルと口の中に流れ込んできた。

「んんんんん」

「ほらほら、ちゃんとしゃぶりなさい」

舌の上に少量の粘液が滴り落ちた。その上を肉棒が滑っていくたび味蕾に精液が塗り込まれた。吐き気に目に涙が溢れたが、どうすることもできなかった。

「もっと美味しそうに奉仕なさい。真面目にやらないなら本物を咥えさせるわよ」

亀頭を吸い込むと、一回の射精分の白濁液が噴出した。必死でそれを押し返そうと息を吹き込んでも、その効果はあまりなかった。

「んん、チュパ、んぐぅ……」

「単純な前後運動だけでなく、舌でおチ×ポを舐めて、上下左右の動きも忘れないように」

「チュパ、ちゅ……あぐぅぅ」

顎が痺れるのも我慢して美少年は舌を肉竿に絡めたり頬を窄めたりなどした。

「ああん……やればできるじゃない……んふぅ」

次第に玲央奈の陰部から女の香りが漂ってきて、雅春の勃起ペニスはますます硬くなってきた。ズキズキと疼いてたまらないので股間を両手で押さえつけなければならなかった。

「手をどけるのよ」

「……ほんなぁ（そんなぁ）」

「ウンチ座りになってごらん？　約束どおりご褒美をあげるわ」

そう言うと玲央奈は靴を脱いだ。白い学校指定のソックスだが足の裏が若干汚れていた。よく見れば毛玉もできていた。

ウンチ座りになった雅春の陰茎は臍に向かって伸び、ブルマに歪な膨らみを浮かべていた。そこを玲央奈は踏みつけた。

「んひぃ……んんん」

「気持ちいいでしょう？　ご褒美に足でしごいてあげるわね」

昂奮してきた玲央奈は雅春の髪の毛を引っ張って動きをコントロールした。

雅春はその激しい動きで転がらないように両手をついて身体のバランスをとると、浅ましくも自分からブルマを突き出して玲央奈の足裏にこすりつけてしまった。

美少女と見紛《まご》うばかりの少年の口にごつい張形が出入りする光景は何とも倒錯的で妖しかった。口の端からは白濁液がこぼれ、少年は一個の機械になって快楽に奉仕した。

風呂上がりのように全身が燃えるように熱くなってきた。その熱気のせいで体操服に染み込んだ女の甘酸っぱい香りが漂いはじめた。ブルマに染み込んだ妹の汗もまた湿気で蘇った。

その一方で、小さな乳房と乳首が体操服に擦れてひどく疼くのだった。

「なかなか物覚えがいいわね。それじゃ、もう一つのプレゼントをあげようかしら」

玲央奈はポケットからスマホを取り出して画面を操作した。

「チュパ、んむぅ、ちゅ、チュパン……あぐぅ」

動画だった。

体操服を着た一人の少女が机に手をついて身体を揺らしていた。その周りを取り囲むようにして少年たちがいた。彼らはズボンを下げて股間を晒している。ペニスにはコンドームをつけていた。クラスメイトだ。

体操服の少女は言うまでもなく里桜だった。少女はセミロングの髪の毛を揺らしながら悩ましげに吐息をついていた。

やがてカメラはブルマを捉えた。里桜はブルマにくっくりと浮かび上がった割れ目を机の角にこすりつけていた。濃紺のブルマはびっしょりと濡れ、誰がどう見てもオナニーショーをしているのがわかった。

意中の女子が望まぬ行為を強要されるのを見て胸が苦くなる一方、雅春は異様な光景に目を奪われ、他のクラスメイトと同じように昂ってしまった。

映像がアップになった。すると体操服とブルマには「渡里寿々花」と刺繍《ししゅう》されていた。

「んんッ!」

「そのブルマには里桜のオマ×コ汁もたっぷりと染み込んでいるの。変態の雅春くんには最高のご褒美でしょ？」

「んぐぅ、んんッ、んんん！」

「ああ、いいわ。気持ちいい。もっと暴れて……あぁ、いっぱい出すわよ。一滴でもこぼしたら許さないからね」

玲央奈はペニスを踏みつけていた足に力を入れた。そして力任せに張形の袋を握った。

ジュルジュルジュル！

一絞りで五回分の量はありそうだった。

尋常ではない量の精液が雅春の口内に注がれた。

雅春は目を見開くと、己《おのれ》も快楽を享受した。ブルマがひときわ盛り上がったかと思うと、ピクピクと痙攣させたのである。

「ああ、いいわ。はー、素敵。くひぃ……はあ」

玲央奈はひとしきり快楽を貪《むさぼ》ったあと、再び袋を絞り、ジュルジュルと射精を噴出させた。少年は耐えきれず張形を口から吐き出した。その際、ドロッと大量の精液がこぼれそうになった。しかし、その前に玲央奈が一喝した。

「吐いたら許さないからね」

「んん」

雅春は仕方なく舌で丹念に掬《すく》い取り口へと戻した。

「口をアーンしてごらんなさい」

玲央奈は雅春を上から覗き込んだ。ピンク色の口腔内は痰壺のように大量の白濁液で満たされていた。だが、口で呼吸できず鼻から息をしている姿は愛らしくもあった。

「私がいいって言うまで味わうのよ」

許可が下りるまで三分はかかった。その間、生臭い男の精液をじっくり堪能することになった。

「そろそろいいわよ。飲み干しなさい」

「んんんん」

喉に絡む精液をなんとか嚥下《えんげ》しながら、美少年は己の運命を思い、噎《むせ》び泣いた。

妹がこんな目に遭わなかったことを慰めとするしかなかった。

だが、それと同時に輿水家のおぞましい計略は現実であることを認めるしかなかった。

これから女として調教されていく不安と恐怖のなか、ペニスだけが力強く男を主張していた。

「よく飲めたわね。それじゃ、二回戦といこうかしら」

「……もう無理です」

「今ので射精は八回目でしょう？　これから最低でも毎日十回は射精しないと」

「……そ、そんなぁ」

「まだ精液がたっぷり残っていそうだからね」

玲央奈は陰嚢袋にたっぷり溜まった精液を美少年の頬に飛ばしながら嗤うのだった。

第三章　二匹のスレイブドールズ

1

あれから二週間ほど経過して六月に入った。その間、雅春は朝から晩まで一日十回の射精を強要され、快楽と苦痛との狭間《はざま》で噎《むせ》び泣いた。

輿水はずっと不在だった。

ただでさえ女子の格好をさせられるのは屈辱的だったのに、それだけでなく女子の考え方や所作まで叩き込まれた。とくにブラジャーの着用は男子のプライドをくじくのに十分だった。スポーツブラからハーフカップブラ、三角ブラ、そして今は妹のブラジャーを身につけている。

さらに化粧の技術を採点されるのは精神的につらかった。

最初はなかなかうまくできなくてダメ出しばかり食らった。そのたびに厳しい懲罰を受けることになった。

それが怖くて化粧のテクニックを学べば学ぶほど、鏡に映る自分の変貌ぶりにますます男としての矜持《きようじ》を失っていった。

ストレスから過食に走ったため、体重が五キロほど増えた。その贅肉がどこについたかといえば、コルセットや弾性ストッキングに保護されていない、太腿や乳房、臀部だった。結果、丸みを帯びた少女の身体になっていた。

いちばん目立ったのは乳房だった。毎日、生理食塩水を注入され、吸収量よりも注入量が上回っていたためにバスト八十のCカップになっていた。さらに乳首も低電流刺激を受けて肥大化された。

ついに興水がシンガポールから帰国する日がやってきた。その日は一度も射精を強要されなかった。

雅春は朝から歩行訓練を指示された。ハイヒールを履かされ、頭の上に本を載せ、それを落とさぬよう歩かねばならなかった。指南役の聡美がスカートを捲るなどちょっかいを出してくるが、もちろん抵抗などできなかった。

「まぁ、ここをこんなに大きくして……ご主人様のお帰りを愉しみに待っているのですね」

「……うぅ」

恩着せがましく聡美が言うが、新鮮な生け贄《にえ》を輿水に提供する魂胆なのだろう。

「オナニーも禁止ですからね」


雅春は午後から自室で休息する許可をもらった。

しかし、この世界の支配者が帰還するとあれば生きた心地がしなかった。

今晩、雅春は童貞のままアナルの処女を喪失することになっている。

それを意識したとたん生々しい恐怖に身体が震えた。

それなのにパンティのなかではペニスが勃起しているのを認めないわけにはいかなかった。

「……あうぅ」

この屋敷に来てからというもの連続射精を強《し》いられた身体は常に刺激を求めるようになってしまった。

自室の窓から外を見ていると高級車が車寄せに入ってきた。玲央奈と里桜の姿が見えた。

家に入る前に里桜は庭で四つん這い歩行を指示された。

そのとき玲央奈がふと雅春の部屋を見上げた。雅春はすぐに隠れたが彼女の顔に刻まれた嘲笑の色が目に焼きついて離れなかった。

やがて輿水が家に戻ったという報せが入った。

「お嬢様、お待ちかねの時間ですよ。言いつけどおりセーラー服を着ていますね」

薄ら笑いを浮かべた聡美が部屋に来て言った。

「うぅ……」

「首を出してください」

雅春の首輪にリードが取り付けられた。

そして聡美は黒い双頭バイブを取り出した。それは全長八センチ程度、直径も細いものだった。中心部には革ベルトが付属している。

「口を開けてください」

雅春はおとなしく口を開くと、そこに張形をねじ込まれた。そしてベルトで後頭部に固定された。

その結果、口に張形が突き刺さったように見えた。

「さぁ、行きましょう。里桜お嬢様も待っていますわ」

「んんんッ、んひぃひゃくひゃい（行きたくない！）」

「さぁ、いらっしゃいませ！」

聡美はリモコンのスイッチを押して電気ショックを与えた。

それでも雅春が抵抗をやめなかったため両手を後ろで縛った。そして、そのまま奥水が待つ調教室に連行したのだった。

2

地下に行くのは初めてだった。

ひんやりとした空気は冷たくてどこか黴《かび》臭かった。廊下には鉄格子で仕切られた部屋がいくつも並んでいた。それぞれに粗末なベッドと簡易便器が置かれていた。

「お嬢様も粗相をすると、この懲罰牢で過ごすことになりますからね」

「……んんんん（いやぁ）」

「お食事はちゃんと用意してあげますわ。そこに食器がありますでしょ？　あなたにはオマルに見えるかもしれませんけど」

「んんんッ！」

雅春は呻いて抗議したが聡美はそれを気にもせずに奥へと進んだ。

廊下の奥の扉を開けると地下とは思えない煌々《こうこう》とした明かりで目が眩《くら》んだ。

しばらくして目が慣れてくるとそこがかなり広い部屋であることがわかった。

いくつもの怪しげな道具が並べられ、一種異様な雰囲気を醸し出していた。中世ヨーロッパと思われる拷問器具もあった。

そこにセーラー服とブルマ姿の里桜がいた。黒い革製の目隠しをされ、三角木馬に載せられていた。里桜は懸命に太腿で斜面を挟んでいた。

どこからかモーター音が聞こえてきた。木馬に近づいた雅春は啞然とした。

三角木馬の鋭角になった背には溝があり、そこにロープが渡されて背に沿ってぐるっと回転するようになっていた。さらにロープにはところどころに瘤が作られており、それが里桜の股間を直撃していた。

「あ、あひぃ……また、イクゥ……」

美少女はブルマをぐっしょり濡らしながら喘いでいた。

「あああぁ、あひぃん……ここから下ろしてください。くひんッ」

三角木馬の仕掛けはそれだけでなかった。

木馬の尻尾に当たる部分に支柱が伸び、そこから木馬と平行に長さ二十センチほどのバイブが突き出していた。それがモーターと連動しているようでピストン運動を繰り返していた。

「元気そうだな」

男の低い声が三角木馬の陰から聞こえてきた。ソファに座る輿水がいた。日焼けしたのか浅黒い肌になっており、髭を伸ばしていた。その隣にはメイド服を着た玲央奈がいて、テーブルに置かれた葡萄を口移しで輿水に食べさせていた。

「ああぁ、叔父さま。とっても男臭いのね……」

早熟な中学生は叔父の股間の膨らみを撫でている。

「積極的だな」

「だって、あたしもほしいだもん」

「残念だが、臭いチ×ポへの奉仕は愛奴たちの仕事だ」

輿水に遠回しに断られた玲央奈は不満の矛先を里桜に向けた。

意地悪いことに三角木馬のスイッチを操作した。

「ああ、玲央奈さま……これ以上角度をつけたら落ちてしまいます……」

三角木馬の一方が高く持ち上がり、斜度がさらについた。少女は懸命に太腿を閉じて三角木馬に留まろうとした。しかし、そうすればするほどロープの瘤がブルマ越しに陰核を擦り上げることになる。

それでも玲央奈は角度を上げつづけた。

「ああ、落ちちゃう……」

「落ちたりしないわよ。大袈裟な。先輩奴隷らしく振る舞いなさいよ」

輿水と玲央奈が先ほどからヒントを出していたことに里桜はようやく気づいた。

「いやぁ……どうか憐れな姿を見ないでください。あぁ……」

目隠しをされた里桜は首を振って懇願した。

しかし、そうした態度はサディストたちの嗜虐欲を煽るだけだった。

聡美は主人たちをさらに歓ばせるために雅春を里桜のそばに連れていった。

「お嬢様、こちらですよ」

「んんんんッ！」

玲央奈が鋏《はさみ》を片手に里桜の臀部に食い込んだブルマを引っ張り上げた。

「ここに穴を開けたらどうなるかわかるわよね？」

雅春は首根っこを摑まれ覗き込むよう強制された。ブルマは目の前で鋏を通され、直径五センチほどの口が開けられた。否応なく開脚しているので菊蕾が丸見えになっていた。

里桜の菊蕾と十センチと離れていない場所ではバイブがピストン運動を繰り返している。里桜は懸命に木馬の上方に留まっているが、それでもバイブへと向かってじわじわとずり落ちていった。

ついにバイブの先端が菊蕾をノックしはじめた。

「あひぃ、いや、いやぁあ！」

里桜が悲鳴をあげると支配者たちは待ってましたとばかりに嘲笑した。

「んんんッ!!」

雅春は里桜を助けようとしたが、すぐに聡美に引き離された。

「邪魔をしてはなりませんわ。ほら、ここでじっと先輩奴隷がよがるところを見学しましょうね」

「ひおひゃん（里桜ちゃん）!!」

排泄器官にバイブが接地すると、次第に菊蕾を凹ませるほどに押しつけられ、あっという間に亀頭まで入ってしまった。

「んあぁぁ……お、お尻に入ってくるぅ」

最初はズボズボと亀頭が尻穴に出入りしていただけだったのが、しばらくすると亀頭は見えなくなり、奥でピストン運動がなされていることが窺えた。さらにバイブが突き刺さっていくと、里桜の身体は木馬に倒れ込むようになり、溝のロープがクリトリスを捉え、熾烈な摩擦を加えるのだった。

恐怖心で雅春は足が震えるのを自覚した。

（う、嘘だろ……こんなものがお尻に入るなんて……）

妖しく喘ぐ里桜は頬を赤く染めていた。そこにははっきりと快楽を味わっていることが見て取れた。

「あ、ああ……イク、イキますぅ！　あひぃーん」

そう絶叫して里桜は三角木馬に大量の液体を流しはじめた。本人は失禁だと気づいたときにはもう遅かった。

「……お許しくださいませ……あぁ、あひぃん」

「里桜ったら自分から懲罰の原因を次から次へと作るんだから」

玲央奈がこれみよがしに苦笑していた。

3

ようやく三角木馬から解放された里桜は息を整える暇《いとま》もなく玲央奈から指示された。

「ねぇ、里桜。もうわかってるわよね？」

「……」

「あなたに後輩ができたのよ。先輩奴隷らしく挨拶なさい」

目隠しされた里桜はおどおどとしながら頭を下げた。

「……刈谷……り、里桜です。よろしくお願いいたします」

蚊の鳴くような声でようやく言いおおせたようだった。

しかし、彼女の奴隷口上はそれだけでは終わらない。

「ほら、いつも教えているでしょう？」

「うぅ……」

里桜は濡れそぼったブルマを脱いだ。

雅春は淡い恋心を抱いていた少女の裸体を見て息を呑んだ。

（ああ、なんてむごい）

無防備にさらけ出されたパイパンの割れ目にはおぞましい細工が施されていた。大陰唇の両方にピアスが嵌《は》められ、そこに細い鎖を渡され、さらに小さな南京錠で施錠されていたのである。ひと目で貞操帯だとわかる代物だった。

「白鷗学園中等部三年に在籍していますが、本当は、じゅ、十七歳の女子高生です」

（十七歳!?……そんなの嘘だ！）

雅春は里桜が自分よりも歳上であることを知り愕然とした。これまでスリーサイズなどを知って彼女を知った気になっていたのが恥ずかしくなってきた。

「里桜をわしの膝に載せろ」

輿水は肉棒を露《あらわ》にすると軽くしごきながら待ち構えた。

相変わらず禍々《まがまが》しい巨根は亀頭の先まで黒光りしている。以前、目にしたときよりも巨大でグロテスクに見えた。

あっという間に里桜はその肉棒でアヌスを貫かれた。

「あひぃ、お尻に入るぅ、くひぃ、ご主人様ぁ」

先ほどのバイブのときよりも里桜は呻いた。

「新入りを連れてこい」

「んんん（嫌だ！）」

聡美が雅春を里桜の前で跪《ひざまず》かせる。

そして雅春はセーラー服を捲り上げられ、乳房の上下を縄で縛られてしまった。

「んぐんッ、んぐんッ！（やめろ、やめろ！）」

「ほら、手を出してみろ」

輿水は里桜の手を摑むと雅春の乳房へと誘導した。

少女の手が乳房に触れたとたん、雅春は電流を受けたように身体を硬直させた。里桜の手に輿水が自分の手を重ね、乱暴に鷲摑みにした。

張りのある乳房に激痛が走った。

「んひぃ！　んんんッ！」

「おまえも揉んでやれ」

輿水が手を離すと里桜が雅春の乳房を撫でた。

本来なら好きな娘に触れられるのは特別な体験だろう。しかし、いま相手が触れている場所は、少年にあってはならぬ女性の象徴だった。そこを揉まれているのだから、屈辱感や絶望感、そして正直に認めれば心地よさのような感覚に身悶えするのだった。

「ほら、パンティを下げてやれ」

「んんん！」

スカートを捲り上げられパンティをずらされると、たちまちペニスが飛び出した。

「新入りから何か変な臭いがしないか？」

「……いえ、ミルク風呂の甘い香りがします」

里桜の答えを聞きながら支配者たちは眼で語り合った。

鎌首を持ち上げた肉棒をひくひくと痙攣させている一方で、乳房を上下左右に揉まれつづけた。そのアンバランスな光景が妖しく、そして異様だった。

「今度は乳首を摘まむんだ」

「……はい」

二つの乳首をコロコロと転がされると雅春はそこが尖っていくのを自覚した。

「乳首は自分とくらべてどうだ？」

輿水が里桜に意地の悪い質問をする。

「……私のほうが大きいです」

「じゃあ、オッパイはどうだ？」

「うぅ……この方のほうが大きいです」

里桜は戸惑いつつも答えた。それを玲央奈が見逃すわけがなかった。

「本当は誰か気づいているんでしょう？　ズバリ当ててみさないよ」

「……」

「正直に答えないと……」

「す、寿々花さん。寿々花さんではないでしょうか？」

玲央奈が雅春にウィンクして、里桜の目隠しを外した。ゆっくりと里桜が目を開いていく。

「んんんんッ！」

とっさに聡美がスカートで雅春の股間を隠した。

里桜の黒い瞳が雅春をゆっくりと捉えた。

「やっぱり寿々花さん……？」

「んん、んん、んんん（違う、違う、違うぅ！）」

雅春はおかっぱの髪の毛を激しく左右に揺らした。だが、里桜からすれば、その仕草はすすり泣いているようにしか見えなかったのだろう。しかも、聡美が雅春の後ろ髪を引っ張って、首輪に刻まれた「寿々花」の文字を見せつけるのだからなおさらだ。

里桜が冷静に観察できたなら、雅春のスカートがわずかに膨らんでいることに気づいたことだろう。

「玲央奈、例のものを塗ってやれ」

「わかったわ」

玲央奈は薬品棚から妖しげなチューブを持ってきた。

輿水は里桜の貞操帯を解錠しようとした。その際、小陰唇が鎖に引っ張られ大陰唇から飛び出した。カチッと南京錠が外れると細い鎖が引き抜かれていった。

「あんんん……くひぃ」

里桜が思わず艶めかしい声をあげた。貞操帯の役割を果たしていた鎖は膣穴だけでなくクリトリスをも貫通していた。

「どうだ？　オマ×コを間近で見るのは初めてだろう？」

そう言って輿水が割れ目を開いて、色鮮やかなピンク色の媚肉をさらけ出させた。鎖が通っていた小さな穴は、粘液によって隠されていて、よほど注意深く見ないとわからなかった。

雅春は無防備な陰核が不思議に思えた。

「新入りがおまえのクリトリスをじっと見ているぞ？」

輿水がわざと注意を喚起する。

「ああ……恥ずかしい」

「クリ包皮を切除されてから、どうなったか教えてやるといい」

雅春は我が耳を疑った。

（切除手術!?　ほ、本当だ。クリトリスの包皮がまったくないから剝き出しになっているんだ……なんて酷いことを）

輿水は里桜の丸々と太った陰核を万力で潰すように捻った。

「いぎゃあぁあッ！」

「いつもここを誰かに弄《いじ》られたくてウズウズさせているんだろう？」

「……おっしゃるとおりです……いつもパンティが擦れて……ご主人様のペニスがほしくなってしまいます……うぅ」

里桜の告白を聞いた輿水は苦痛責めから快楽責めへと切り替えた。すると、里桜の声に甘い吐息が混じるようになった。しかし、絶対的支配者は少女に快楽だけに身を委ねることはしなかった。

場の空気を読むことに長《た》けた玲央奈がチューブから青色の軟膏をたっぷりと絞り出した。

「もっと気持ちよくなるように、媚薬をサービスするわ」

「……そんなにたくさん塗るのはやめてください。おかしくなってしまいます」

すでに薬の効果を体験している里桜が哀願した。

しかし玲央奈は膣穴にさっさと指を挿入し、念入りに膣道に塗り込んでいった。媚薬は即効性があるため、里桜は艶めかしく腰を動かし出した。

「おお、いいぞ。アヌスが締まってくる」

輿水は少女の尻をバウンドさせて、肉棒を深く挿し込んだ。

「あぁ……痒い、痒いです……お願いですから、前の穴を……弄ってください」

好きだった少女が卑猥な言葉を口にするのを聞いて、雅春は居たたまれない気持ちになった。しかし、卑しい本能はたちまち目覚め、スカートの中で激痛をともないながらペニスをいきり勃たせてしまうのだった。

「もう少し我慢しろ」

輿水が里桜をなだめると腰を摑んで上下に揺さぶった。すると、ヌチュネチョと極太の肉棒がアヌスから出入りするのが見えた。

目の前でアナルセックスを見せつけられた雅春は陰茎をますます硬くしてしまった。だが、包皮を封鎖された亀頭にひどい苦痛が走った。

里桜は陶然となりながらもときおり雅春に視線をやった。

下半身の膨らみに気づかれたら正体がばれてしまう。雅春は不安と緊張に苛《さいな》まれて身を捩った。そうすると縄で絞り出された乳房が跳ね躍った。

（僕は何をしているんだ……くぅ、妹だと思わせたいわけじゃないのに……いっそう、僕だと知ってもらったほうがいいんだろうか……いや、そんなのダメだ）

雅春の思考は堂々巡りするばかりで、答えなど出なかった。

そうやら里桜が見ているのは、雅春が咥えている張形のようだった。

それに目敏《ざと》い輿水が気がついて指摘する。

「新入りの身体より、あの玩具が気になるのか？」

「違います……くひぃ、ああ、痒いです」

必死で抵抗する姿が皮肉にも蠱惑《こわく》的になっている。尻を振り乱しながら里桜が項垂《うなだ》れる。

「叔父さま、里桜は寿々花の身体を直視するのが怖いのよ」

玲央奈が里桜の乳房を弄《もてあそ》びながら輿水に告げ口する。

「そんなことありま……んひぃ、本当に痒いだけです……ううっ」

輿水は巨大なペニスをアヌスに深く突き刺し、里桜から発言権を奪った。

「里桜は自分の立場を脅《おびや》かす寿々花を恐れているのよ。自分のほうがオッパイが小さいしね」

「確かに胸は新入りのほうがでかいな」

項垂れている雅春は自分の双つの乳房を見下ろした。真っ白い肌にうっすらと静脈が透けて見えている。縄で絞られた乳房は前に突き出し、小さな乳輪は生意気そうにぷっくりと膨らんでいる。それを賞賛されても、少年にとっては屈辱でしかなかった。

調教師の聡美が雅春の背後から胸を揉みたてた。それは主人の眼を愉しませることを目的にしたものだった。さらに膝を彼の背中に当てて、上半身を反り返させた。その姿勢は乳房を強調するだけでなく、股間の膨らみも見せつけようとするものだった。

「ご主人様、ご覧くださいませ。お嬢様のオッパイは手のひらに吸いつくように瑞々《みずみず》しいですわ。それに、乳首がまたすばらしいんですよ」

「んんんッ、んめへぇ（やめてぇ）！」

小さな乳首をひねられると、雅春は髪を振り乱しながら身を捩った。

乳首は薔薇色に染まり、感度のいい美少年の身体を痺れさせていくのだ。

「んひぃ、んん、んあぁん……（乳首はだめぇ）」

通電調教により雅春の乳首は快楽の扉を開くボタンになっていた。

「二人に器具をつけてやれ」

指示を受けた玲央奈が持ってきたのはピアスだった。

そして雅春の乳首を摘まみ上げ、ピアッサーで穴を開けようとすると輿水が眉を顰《ひそ》めた。すると、聡美がすぐに玲央奈を制止した。

「ピアスはまだ早すぎますわ」

「きっと可愛いわよ！　ねぇ、叔父さまもそう思うでしょう？」

玲央奈の目は血走っていた。聡美がすばやくピアッサーを取り上げた。

「寿々花お嬢様はじっくりと躾けていったほうが面白いですよ。まずは、これくらいから始めてみませんか？」

聡美が取り出したのは鰐口クリップだった。電流クリップよりも口がギザギザに尖っていて、もう一方のリングと鎖で繋がれていた。それを見た玲央奈は機嫌を直し、満面の笑みで新しい玩具を寿々花の乳首に近づけた。

乳首を挟まれると激痛が走った。しかし、痛みの先に快楽を感じてしまう身体に改造されていた。

「このリングはこうやって引っ張ると面白いのよ」

玲央奈が鎖リングを手綱《たづな》のように巧みに操ってみせた。

おそらく里桜にとっては日常なのだろう。雅春を見る目にはどこか憐憫の情を含んでいた。

「なに他人事《ひとごと》みたいにしているのよ！　今日はあんたが使うの」

里桜は思いもよらぬ展開に驚くばかりだった。

「え……そんな酷いことできません」

「寿々花のことが嫌いだったんじゃないの？　先輩として威厳を示してやりなさいよ」

玲央奈はリングを里桜の足の指に通すと鎖がピンと張った。美少年は膝立ちになったが、そのせいでスカートが身体に貼りついて、ペニスの膨らみがますます目立つようになった。

乳首を引っ張られては里桜の気をそらすこともできず、気づかれるのも時間の問題だろう。そう思った矢先、輿水が動き出した。奴隷を軽々と持ち上げて、荒々しくピストン運動を開始した。

だが、別の苦しみも新たに沸き起こった。

里桜が足を痙攣させるたびに、雅春の乳首が引っ張られるのだ。

「んんんッ、んひぃびがひぃぎれんん（乳首が千切れるぅ）！」

「もっと顔を近づけましょうね」

聡美に背中を押され、雅春はますます里桜の股間に顔を近づけた。媚薬により少女の割れ目は蜜汁まみれになっており、プーンと山百合の香りが漂ってきた。さらに前に押され雅春の口から飛び出ている張形が里桜の腹部を撫でていく。

「あぁッ、痒い、痒いです」

「早くぶち込んでほしいんだろう？　寿々花にお願いしてみろ」

「そんなこと……できません」

里桜は目を真っ赤にして首を振った。

「どうしてなの？　寿々花の視線がつらかったと言ってたじゃない。ほら、仕返ししなさいよ」

「うぅ……つらかったのは事実です。だって、寿々花さんだけが私を一人の人間と見てくれたから……くぅ」

これまでさんざんプライドを踏みにじられてきた里桜の心の叫びだった。

さらに告白は続く。

「それに寿々花さんは雅春くんの妹です……彼もまた私を性的な目で見ないでくれました。あぁ、こんな気持ちを持ってはいけないのに……私は玲央奈さまに命じられ、雅春くんとお話させてもらってるうちに、いつしかそれが楽しみになっていました……ああ、だから初恋の人の妹にひどいことなんてできません」

「ほう。そんなに媚薬を塗ってほしいのか」

叔父の指示を受け玲央奈は媚薬を里桜の膣穴の奥まで塗り込んだ。そのたびに憐れな少女は背筋をくねらせた。

「痒いだろう？　早く寿々花のオッパイを引き寄せて楽になるがいい」

「嫌です……あとでどんな罰でも受けますから、寿々花さんだけはご勘弁を……」

「ここまで抵抗するのはよほどのことだな。それなら無理やりやるまでだ……」

輿水は里桜の脚をさらに開いて、雅春を引き寄せた。

里桜の鼠径《そけい》部の筋がひくついていた。

輿水は最後の仕上げとばかりに、里桜を雅春の口に突き出す。

「んんんッ！」

「入れてくれとお願いしてみろ」

「ああ、どうか、それだけはお許しください……」

雅春の目の前に奴隷少女の割れ目がぱっくりと口を開いた。

里桜のまだ厚みのない小陰唇は透明感に溢れていた。それは内側の粘膜が盛り上がり、外側の皮膚が形成されていないからだろう。割礼されたクリトリスは血行がいいのかひどく充血していた。尿道口はU字型になっており、周囲の粘膜が盛り上がっているために、まるで笑窪《えくぼ》の佇《たたず》まいを見せていた。膣口は息づくように収縮している。

その内部にフリルのような襞が残っているのが見える。小陰唇の奥にもうひとつ小さな小陰唇があるような趣だった。

（なんて綺麗なんだ……それにしても、乳首が痛い……くぅ、もうダメだ）

雅春は咥えている張形を目の前の膣に押しつけると、クチュという卑猥な音が響くのを耳にした。自分は両想いだったのだと先ほど知ったばかりだというのに、この無慈悲な運命を呪った。

「んへぇへぇ、んへぇぇんへ（やめてぇ、やめてくれ）！」

抵抗しても無駄だった。輿水に髪の毛を摑まれ里桜の股間に押し当てられると、張形の亀頭がヌルっと花唇に呑み込まれていく。

「あひぃーッ！」

感極まった里桜が足を突っ張ったために、雅春の乳首が左右に引っ張られ激痛が走った。

苦痛から逃れるために雅春は張形を里桜の膣奥に押し込んだ。すると雅春の唇は里桜の秘唇と濃密な接吻をすることになった。

「まぁ、すっぽり入ったわね」

玲央奈が二人に拍手を送りながらはしゃいでいる。

恥辱を味わいつつも雅春は自分の唇を小陰唇が何かの生き物のように蠢くのを感じた。

4

地下室に二匹の奴隷の呻き声が響いていた。

「あ、あひぃ……くぅ」

「んん、んッ、んんん……」

雅春は頭を前後に揺さぶられ、ジュボジュボと無毛の性器に張形を出し入れするという浅ましい姿を強《し》いられた。

二十回くらいそれが続いたあと首輪を引っ張られ、張形が膣口からヌポッと音を立てて抜かれた。張形の表面にはすっかり蜜が纏わりついて、乙女の淫臭を立ち昇らせていた。

里桜はぽっかりと開いた膣口をひくひく収縮させていた。

「あ、くぅ……ああ、痒い」

里桜がアキレス腱を痙攣させたので、雅春の乳首のクリップが激しく揺れた。

「女性器をもう一度じっくり観察してみましょうね？」

聡美が雅春の頭を掴んで里桜の陰部へと誘導した。

今度は無防備な肉豆を押し潰すようにした。

「あ、あひぃーッ！　あ、ああ……」

「んんんん」

雅春は必死で首を振ったが、その動きがさらに里桜を苦しめることになった。

それを見下ろしていた玲央奈が目を細めて言った。

「割礼されて何がよくなったか〝寿々花〟に教えてあげるといいわ」

それを聞いた興水が里桜のアヌスを突き上げて追い込んでいく。

「……お豆ちゃんの感度がとてもよくなりました。うぅ、鞭で叩かれたり……筆で撫でられたり、バイブで責められたり……三角木馬で何度もイキました」

「他にもあるでしょう？」

「……あ、あの。恥垢が溜まらなくなったので、臭くなくなったと褒めていただきました。あぁんん」

「本当に里桜の割れ目は腐ったチーズみたいな臭いがしてプンプン臭かったからね。その代わりに今はマゾの卑しい臭いをさせて鼻が曲がりそうだけど」

「んひゃほひょひゃい（そんなことない）」

眉間に皺を寄せながら雅春が反論したが誰の耳にも届かなかった。

「クリトリスの次はここですよ」

聡美が指し示したのは恥丘だった。

土手高なのだろうか、そこはこんもりと盛り上がっていた。しかし、よくよく見ると剃毛後の青白い痕跡があった。やはり文字が描かれている。

「――ッ!?」

里桜もまた永久脱毛を施されていた。

雅春は恥丘に施された処置のことを思い出した。毎日剃毛されても翌日には短い毛が生え、恥丘に「牝」という文字を浮かび上がらせるのだ。

「剃毛を重ねていけばこのように剃り痕が青々と残って効果的ですわ」

「んんんんッ！」

「何て書いてあるか張形でなぞりましょうね」

必死で拒絶したが、無理やり言うことを聞かされる。泣くなく里桜の恥丘を咥えている張形でなぞっていった。

「んんんッ！」

「わかりましたか？」

雅春は少女の青白い肌を何度も撫でた。

「話せない寿々花に変わって、答えを教えてあげなさい」

玲央奈は里桜に促した。

「……」

里桜は黙ったまま唇を噛みしめている。すると興水がすかさず里桜の身体を揺さぶった。

「あ、あひぃ……ん」

「また媚薬を塗り込むぞ？」

「ひぃ！　これ以上塗ったらおかしくなっちゃいます」

里桜の目には諦観が宿っていた。

「……エム。アルファベットの〝M〟です」

雅春が思ったとおりだった。これは自分のイニシャルだろうか。こんな状況で雅春は淡い期待を抱いた。

「文字の意味を教えてやれ」

またも興水の肉棒が里桜の直腸を貫いた。

「んぐぅ……それは私がマゾ奴隷だからです……あぁッ」

マゾ奴隷のイニシャル「M」だと知って愕然とした。

「だから、学校で公開オナニーもするし、公開排泄もするのよね」

搔痒《そうよう》感の募ってきた里桜は腰をくねらせながら涙を流した。

「……おっしゃるとおりです。ああ、痒い、くひ、痒いわ」

里桜は被害者にすぎない。誰が好き好んでクラスメイトの前でオナニーなんかするだろう。

雅春は自分から張形を里桜の膣穴に押し込んでいった。

「やる気になりましたね」

ようやく雅春の髪の毛を聡美が離した。

美少年は頭を前後に揺すりながら、里桜の搔痒感を鎮めようと必死でピストン運動をする。

「あ、あくぅ……あひぃ、くぅ」

「んんッ、んんん……」

里桜の足が突っ張ると、雅春の乳首が伸びた。

股間で熱くなっているペニスを目の前の膣に挿入してみたいという欲望が沸き起

こってきた。男の本能だった。もどかしくなって張形を激しく挿入してしまう。

「んひぃ……あくぅ」

媚薬のせいで美少女の膣粘膜はぷっくりと膨らんでいた。そのため、お粗末な張形でも身体が燃え上がってしまうのだ。

輿水も今は静観するつもりのようで、肉棒を突き刺したまま動かずにいる。

「あんん、あくぅ……んひぃ。あぁ、許してぇ」

里桜は膣をキュッキュッと締めつけてきた。

雅春が張形を引き抜こうとすると、激しい吸着感で抗《あらが》った。

ふと里桜と目が合った。彼女は悲しそうに目を伏せた。

己《おのれ》の運命への悲しみだけでなく、雅春もまた運命を辿るのだというメッセージも込められている気がした。

(里桜ちゃん、僕は妹じゃない。雅春なんだ!)

雅春は張形を自分の分身のように思ってぶち込んだ。

そのとき奥に溜まっていた蜜汁がピシャと溢れ出し頬に当たった。

「あ、あああッ、もっと奥に……あぁ、奥が痒いの」

里桜の望みを叶えるために励んだが、短い張形では子宮口まで届かなかった。それが彼女にもどかしさを与え、雅春はますます焦るのだった。

（僕のペニスが使えたら男だと証明できるのに……）

疼く陰茎をぬかるんだ陰部に押しつけ、中まで貫きたかった。

しかし、自分だと知られのを避けたいのも事実だった。

この不安から逃れるには快楽に身を委ねることしかなかった。

傲慢な考えかもしれないが、里桜もそれを望んでいるように思えた。

「寿々花さん、どうか私を犯してください……あひぃん、もっと……」

美少年は張形をひたすらピストン運動させることに集中した。それでも物足りないのか、鼠径部を痙攣させはじめた。絶頂が迫っているにちがいない。

そのとき雅春は気づいていなかったが、輿水が聡美に目配せして、里桜の足に嵌められたリングを外した。

「あ、ああん、イク、もう少しでイキます」

里桜が喘いだ瞬間、輿水がとっさに指示を出した。

「今だ！」

いきなり首輪を引っ張られ雅春は地面に転がった。

「んんッ！」

「寿々花お嬢様、お口のものを取りましょうね」

聡美が雅春の張形の猿轡《ぐつわ》をあっさりと外してしまった。

「んんん、んんッ！」

ずっと口に異物を入れられていたので、顎が痺れてうまく閉じることができなかった。口の端から涎が垂れ落ちていた。スカートも濡れていたが、こちらは先走り液が滲んでいるせいだった。

ついに雅春の正体をバラすつもりなのだろう。玲央奈がすばやく動いた。

そして玲央奈はメイド服のスカートを捲り上げた。なんと股間にはいつもの双頭の張形が装着されていた。陰嚢袋にも液体がたんまりと入っているのが見えた。

シリコン製の亀頭が雅春の鼻先に触れた。

「……嫌だ。やめろッ！」

「あら、毎日、美味しいって言ってたのに、今日はどうしたのかしら？」

亀頭が唇に押しつけられグニュと潰れる。

玲央奈が陰嚢袋を握ると、ドピュッと一回分ほどの精液が噴出した。すぐにプーンと若い牡の精液の臭気が鼻を突いた。いつものようにクラスメイトの精液だ。以前なら嫌悪感を持っただろうが、調教によって身体が男の臭いに反応するようになってしまった。しかも、今日はまだ一度も射精を許されていないからなおさら敏感だった。

玲央奈は雅春の鼻を摘まんで強引に口を開かせた。

「やめてぇ……」

侵入しようとする亀頭を歯を食いしばって阻止しようとした。

そのたびに玲央奈が陰嚢袋を握り潰して、生臭い白濁液を口の中に流し込んでくる。

雅春はすぐに吐き出した。

大量の精液がスカートにこぼれた。

「誰が吐いていいって言ったかしら？」

メイド服に身を包んだ若き女王は今度は亀頭を鼻穴に押しつけ、そこにジュルジュルと白濁液を送り込んだ。

「んごぉぉッ！」

「聡美さん、頭を押さえてて。もう片方の鼻穴にも罰を与えるわ」

宣言どおり両方の鼻の穴に射精が流し込まれた。鼻の奥がツーンと痛んだ。しかも、生臭い精液が鼻腔粘膜にこびりつくのだった。口でしか呼吸ができなくなってしまった。

張形が再び口の中に侵入してきた。

「今度はちゃんと舐めるのよ」

「これを使ってあげたらどうですか？」

聡美が床に落ちていたニップル鎖を玲央奈に手渡した。それで雅春は乳首を操られることになった。

クリップに噛まれ楕円形に歪んだ乳首の雅春は、引っ張られるまま膝立ちになった。

ハァハァと鼻で息をすると精液が鼻の中で粘つき、鼻水のようにドロっと垂れた。

「勝手に吐き出すんじゃないわよ」

「ああ、もうやめて……あぐぅ」

再び鼻の穴に精液を流し込まれ、奉仕を再開しなくてはならなかった。

「また吐き出したら同じ目に遭うわよ？」

「んん、ジュル、ジュル」

雅春は泣くなく鼻のなかの白濁液を吸い込んだ。そしてこの二週間に教え込まれた口淫奉仕を披露させられることになった。少年が望んだことではなかったが、舌を絡ませ、頬を窄めながら玲央奈の膣に奉仕するのだった。男の尊厳を踏みにじる行為を強要されても、美少年のペニスはひくひくと物ほしげに痙攣し、濡れたスカートの襞を突き上げた。

「なかなかうまそうに舐めるじゃないか？」

輿水は嗤いながら里桜の陰核を摘まみ上げた。

「わしが留守の間、こやつにフェラチオの特訓を受けさせたのだ」

「ああ……私のせいで!?」

「そうだ。おまえがクラスメイトから集めた精液を毎日飲んでいたしな」

里桜は罪悪感に打ち震え項垂れた。

「しかし、それそろ気づかないのか？」

「んんんんんッ！」

雅春はくぐもった声をあげた。

里桜がハッとした顔をして雅春の身体をまじまじと見た。

「あッ！」

「スカートが妙に膨らんでいるだろう」

雅春は腰を引こうとしたがスカートの歪《いびつ》な皺は消えなかった。

「……え？」

里桜の顔から血の気が引いた。見せつけるように背後にいる聡美がスカートをたくし上げはじめた。太腿はいかにも柔らかそうな乳白色をしていて、女の子のような曲線を描いていた。

「んぐんんん……（やめてくれ）」

雅春は必死で阻止しようと身体を暴れさせた。

「ははは、転校していったのは女だけじゃなかったはずだが？」

「う、嘘です。そんな……」

「さぁ、スカートを脱がしてやれ」

言われたとおり聡美がゆっくりとスカートのホックを外した。少年は乳首の鎖で動きを封じられ、あっさりとスカートを脱がされてしまう。

その瞬間、玲央奈が大量の白濁液を送り込んできた。

「んぐぅぅ」

亀頭を包皮で覆われたペニスが虚しく宙で弧を描いて飛び出してきた。

「ま、雅春くん!?……どうして!?」

「今は寿々花と名乗っている」

輿水がそう宣言すると、張形を咥えたまま美少年は噎び泣いた。

5

「ああ、見ないで、見ないでくれ」

顎まで精液を滴らせた雅春は身体を捩った。無毛の股間からはペニスが震えている。

「ちょっと見ぬ間に、ずいぶんと女らしい身体になったじゃないか」

輿水は里桜の耳を甘嚙みしながらニヤついた顔で言った。

「雅春くんをこんな目に遭わせるなんて……」

「こういう変わり種も一興と考え飼育していたのだ。おまえでさえ正体に気づかなかったのだから女として十分やっていけそうだな」

事実をまだ受け止めきれていない里桜は視線を泳がしている。

彼女もまた雅春に淡い想いを抱いていた。その相手に自分の痴態を見られていたかと思うと、激しい羞恥に襲われるのだった。

「同級生に見られながら尻を掘るのは格別だろう？」

「うぅ……」

「もっともあいつもこれからわしに犯されるんだがな。ほりゃ」

輿水は里桜に向かって腰を突き上げた。

玲央奈は茫然自失状態になっている雅春のペニスを摑んだ。

「可愛い顔をしているくせに、おっきいオチ×チンよね。クラス一の巨根だって自慢してもいいわよ。もちろん、叔父さまにはかなわないけど。お尻でそれを実感するといいわ。せめてクリームを塗ってあげるわ」

そう言って玲央奈は美少年のアヌスに媚薬クリームを塗り込んだ。

「んひぃ、やめろ……やめろぉ！　僕は男なんだぞ！」

「はいはい、男の娘なのよね」

玲央奈は細長い指でグリグリと遠慮なく抉ってくる。ペニスの先端からは粘液が溢れ出ている。

媚薬がすぐさま腸壁に吸収され、毛細血管を膨張させる。媚薬に含まれていたヒスタミンが知覚神経に作用しはじめた。

「あひ、か、痒い。ああ、もう塗らないで」

「もうひと塗り我慢しないさいよ」

「んひぃ、あんんッ」

「お尻に指を入れられてエッチな声を出すなんて、寿々花はやっぱり変態ね」

「ち、ちが……」

「違わないわよ。ほらほら、こんなにお尻の穴を熱くして」

「くひぃ」

雅春は指が腸壁を抉るたびに名状しがたい悦虐を感じていた。蚊に嚙まれた痕を擦るときの快楽を百倍にしたような感覚だった。一度それを味わってしまえば、それなしではいられなくなる。玲央奈の指が引き抜かれると耐えがたい掻痒感が直腸のなかを渦巻きはじめた。

「次は里桜よ。おつゆでだいぶ流れてしまったでしょうから、たっぷりと塗り直してあげるわ」

「ひぃ！　もう許してぇ……まだ奥が痒いです」

「次は叔父さまの立派なモノで掻いてもらうといいわよ」

姪の作業を手助けするために輿水が里桜の小陰唇を指で押し開いた。玲央奈はその隙に充血した膣穴に媚薬クリームを塗り込んでいった。

下準備が終わるのを見て取ると輿水は肉棒を引き抜いた。

「愛奴どもよ。わしの前に並ぶんだ」

里桜は雅春の隣で四つん這いになった。

「嫌だ……あぁ、あぐぅ」

里桜と雅春は首輪同士をわずか二十センチほどの鎖で繋がれてしまった。二人が接近するのはフォークダンスのとき以来だった。しかも今は媚薬の掻痒感で身じろぎするたびに腰が擦れ合うのだった。

「ああ、雅春くん……」

「里桜ちゃん……ああ、見ないで」

里桜よりもわずかに大きな雅春の乳房が上下に揺れた。

だが、ヒップは里桜のほうがさすがに丸みを帯びていた。

二週間前まで少年らしかった尻が思春期の女子のような丸い曲線に変化している。輿水はそれを見て密かに驚嘆していた。弾力も少女のものと遜色ないほど柔らかい。ただ、股間にそそり勃つ肉槍だけが女でないことを示していた。

輿水はずる剝けの亀頭をぴくぴくさせ、二人を見下ろした。肉竿にはゴツゴツした血管がミミズのようにグロテスクに浮き出ていた。

「舐めろ」

輿水が厳かに命令を下すと二人は喉を震わせた。

「……」

「……」

里桜も長い睫毛を伏せて逡巡の色を見せた。

「上手《じょうず》に舐められたほうから犯してやろう」

先に従ったのは里桜だった。膨張した亀頭にねっとりとキスを繰り返して悲しそうに呟いた。

「……雅春くん。逆らってもいいことはないわ。自分の立場が悪くなるだけ」

「うぅ……でも……」

「雅春くん……こっちを向いて」

雅春は少女の顔をそっと見た。その瞬間、里桜が首輪を引っ張って雅春の唇をペニスに押しつけてしまった。

「うぅ……許して、私たち奴隷には逆らう権利などないの。諦めるしかないのよ」

「ああぁッ」

雅春は泣きながら里桜に従った。

「さすがは先輩だ。奉仕の仕方を教えてやるがいい」

「舌を伸ばして絡めるのよ。こうやって……」

雁首の溝に里桜が舌を絡めるのを見ると雅春も恐るおそる舌を差し出した。他人の男性器はやはりおぞましいものだった。反り返るような肉槍は元々奇っ怪なのに、そこにさらに真珠玉が埋め込まれているのが嫌悪感を高めるのだった。

男がふと力を入れてペニスをぴくぴく動かした。

(何で男のものなんか舐めないといけないんだ……目の前には好きな女の子がいるんだぞ……ああ、それにしても里桜ちゃんの唇が……)

一本の肉棒を介して、雅春と里桜はいつしか熱烈に舌を絡めていた。それが記念すべきファーストキスだった。

「寿々花、わしのペニスから里桜の尻穴の味や匂いがしてくるだろう?」

「……うぅ」

先ほどまで直腸を貫いていたのは事実だった。確かに饐《す》えた臭いがするし、苦味のある粘液もこびりついている。それでも雅春は里桜の舌を貪《むさぼ》っていた。

「里桜はもう何百回オマ×コやアヌスも犯されたんだぞ。もちろん、破瓜の血もべっとりとつけおった。そうだろ?」

興水はわざと里桜に確認を取る。

「おっしゃるとおりです……うぅ」

里桜は口惜しさで唇が震わせた。

「ほら、しっかりと奉仕したほうから犯してやるぞ」

「ああ……雅春くんもしっかりと舐めて」

まるで奉仕に集中できないのは、雅春に責任があるかのような言い方だった。

「んんん、里桜ちゃん」

雅春はまだ躊躇《ためら》っていた。それを見た輿水は少年の乳頭から垂れているクリップを取り外した。

それにより、乳首に血液が戻ってきた。それにともない灼けるような痛みが襲った。

「あぐううう!! 痛い、くひぃ、痛いいいッ!」

「ほら、わしのを舐めて気を紛らわせろ」

輿水は雅春の髪の毛を摑んで強引に股間へと導いた。その一方、膝で里桜の背中を押し、里桜と身体を密着させた。瑞々しい乳房同士がぶつかり合った。

「ひぃッ!」

里桜は雅春の乳房の絶妙な柔らかさと弾力に驚愕した。乳首の疼痛に悶えている少年は何とか痛みを和らげようとますます乳房を密着させてきた。そのとき硬くしこった乳首が四方八方に倒された。

里桜は元々乳房が小さいことにコンプレックスを持っていたが、目の前にいる男子のほうが大きいとなると、女子としてのプライドは丸つぶれだった。

「よし、寿々花の口に出してやるか」

輿水の言葉を耳にした雅春は先回りして亀頭を咥え込んだ。身体の下に回り込んだ里桜は裏筋や陰嚢に刺激を与えた。

「ひひひ、里桜、いつもよりも奉仕がぎこちないじゃないか？　先輩奴隷らしくちゃんとしろ！」

里桜は慌てて輿水の睾丸を舌で転がした。一方の雅春がどんな気持ちで男の亀頭を舐めているのかという思いが頭をかすめた。

「よし、そろそろ出すぞ。今度は一滴たりともこぼすんじゃないぞ」

輿水が低く唸った。そのとたん、肉棒がぐわっと膨張した。尿道を一気に駆け抜ける射精の音が里桜には聞こえるような気がした。

「んんんッ」

雅春から小さな悲鳴があがった。少年が苦しげに嚥下《えんげ》すると首輪の震えが鎖を通じて里桜にも伝わった。

里桜は雅春が男であるにもかかわらず精液を飲み込んでいるのを間近に見て、少年は牝の奴隷なのだということを悟るのだった。

6

「二匹とも尻を並べろ」

拘束からようやく解放された雅春は、里桜とともに台の上に載せられていた。台の面積は二人の尻がはみ出るほど狭かった。尻の位置がちょうど輿水の腰の位置になるくらいの高さだった。

二匹の愛奴は素っ裸にされていた。

「ああッ、痒い……」

雅春は灼けるように熱い肛門をヒクヒクと蠢かせた。

「鶯の谷渡りを仕込んでやろう」

聡美が里桜と雅春の頰を撫でながら言葉を継いだ。

「里桜お嬢様も以前、先輩からマゾ奴隷の啼き方を教わったのですよ」

「じゃあ、あたしが寿々花に教えてあげるわ」

玲央奈が雅春の肛門を指の腹でなぞった。

「ここに叔父さまのおチ×ポを入れていただくのよ。もちろん、里桜のオマ×コに入れてさんざん啼かしたあとにね。その啼き方をよく覚えておきなさい」

「ひぃ……そんなの嫌だ。僕は……」

「オッパイをそんなに膨らませてまだ男の子だっていうつもり？　さっさとオカマを掘られて女にしてもらいなさいよ」

玲央奈はそう言ってアヌスを焦らすように押し開いたり、菊皺に爪を這わせたりしてきた。

雅春は居ても立ってもいられなくなり、さらに強い刺激を求めてお尻を振り、思わず甘い声を洩らしてしまった。

「んひぃ……あ、あひぃ！　んぐぅん」

途中からそれに気がついて声を低くしたが、誰の目から見ても無理をしているのは明かだった。玲央奈はニヤニヤしながら、ひとしきりアヌスの入り口を玩弄し、少年の抵抗する様を愉しんだ。

「ん、んんん……」

「では、始めるか」

輿水が里桜の腰を摑んで引き寄せ、臨戦態勢に入ったままの肉棒を秘唇に宛てがった。そのまま埋没させていくと小陰唇が花びらのように開いていく。

「んんッ！」

「愛玩奴隷の口上を妹に教えてやれ」

「は、はひぃ……中学生奴隷の刈谷里桜にオマ×コしてください。淫乱なよがり啼きをどうかお聞きくださぃ……んひゃぁん」

輿水は亀頭を膣の入口付近で出し入れさせて催促した。

「聞いたか？　おまえも犯されたいときは奴隷口上を述べるんだぞ」

激しい痛痒感に苛まれる里桜にとって、焦らされるのは矢も楯も堪《たま》らない状況だ。

「ああ、どうか淫乱牝奴隷のオマ×コにぶち込んでくださいませ」

里桜は自らお尻を大きく突き出してペニスを受け入れようとした。すると、首輪の鎖が引っ張られ雅春の首が絞められることになる。

「……里桜ちゃん」

「この淫乱な牝豚め！　好きだった男子の前で恥ずかしくないのか？」

輿水は里桜を叱責した。そのとき雅春が悲しそうな顔をするのを見た。まだ無垢な少年に奴隷少女のよがり顔を見せつけてやりたくなってきた。

「恥ずかしいです。でも、奴隷の姿をしっかり見てもらおうと……あひぃん」

「里桜ちゃん、僕は……」

雅春の言葉を輿水が打ち消した。

「そうだな。妹に手本を見せてやらんとな。おらッ」

ヌチュと湿った音を響かせて禍々しい肉棒が一気に押し入ってきた。

「オマ×コにあんなにずっぽり入ったわよ」

聡美が局部を見るように促した。

「小さな割れ目がぱんぱんにお口を開いて、卑しい涎がペニスにまとわりついていますわね」

聡美と玲央奈が実況をはじめた。彼女たちは二人の背後に回り、里桜のパイパン性器に挿入された肉棒を観察した。

「そらッ!」

「んひゃあああん!」

はち切れんばかりに怒張した肉槍に幼い淫裂を貫かれ、里桜は悲鳴の入り混じった喘ぎ声をあげた。激しく突き上げられると台から落下しそうになる。そのため里桜は自ら進んで尻を突き出すしかなかった。その結果、巨大なペニスが膣道の奥深くに分け入り、子宮がへしゃげるほど圧迫してくるのだった。

「あ、あひぃ……あ、あああん」

「……里桜ちゃん」

輿水のピストン運動に連動して少女の身体が激しく揺れ、そのたびに雅春の首輪が引っ張られた。雅春は脚をガクガクと震わせた。かつて恋していた美少女が背後から貫かれる様はひたすら無残だった。

しかし、里桜は鼻にかかった悩ましい喘ぎをあげるのだった。

「あひッ、ああッ……」

「どうだ。いい声で啼いているだろう？」

「……うぅ」

雅春は唇を嚙みしめた。一方で、アヌスの奥がジンジンと疼いて堪らなかった。

「答えられないようだが、まぁ、いいだろう……里桜、まだ奴隷の務めがあるんじゃないのか？」

輿水はひときわ強く貫いた。里桜の身体がいったん宙に浮かび上がるほどだった。

「あ、あひぃん……アソコが潰れちゃいます」

「ほら、見てみろ」

「はひぃ……あん、あぐぅ」

里桜は喘ぎながら上体を前に傾け、結合部を覗き見た。

雅春も自然と目をやった。

「ご主人様の立派なおチ×ポが里桜の牝穴にズボズボ入ってます。あひぃ……」

「後ろからだと、おまえの花弁がぱっくりと開いて美味そうに咥え込んでいるのがよく見えるぞ」

「あんん、おっしゃるとおりです。ご主人さまのお道具を美味しくいただき、里桜は卑しい涎を垂らしてます……あ、あうぅん……」

「つまり、おまえは寿々花の貧相な張形では満足できなかったということだな？」

「うぅ……」

里桜が言いよどむと支配者は肉棒をゆっくりと引き抜いていく。

「素直に答えないなら、これで終わりにするぞ」

花唇が亀頭の雁首のせいでグワッと開いた。亀頭が抜けきる前に里桜が叫んだ。

「お、おっしゃるとおり物足りなかったです。あひぃ」

「誰の何がだ？」

「……雅春くんの張形のことです」

「違うだろう。隣のやつはおまえの妹分の寿々花だ」

今度はゆっくりと肉棒を沈めながら促した。

そんな動き方をされると痛痒感がいっそう増すばかりだった。

「す、寿々花ちゃんのさもしいおチ×ポでは感じられませんでした……あぁ、許して」

里桜が張形のことを言っているにしてもその言葉はショックだった。

そんな少年の気持ちを知ってか、輿水が再び荒々しく腰を動かし出した。里桜は白い歯を覗かせて涎まで垂らしはじめた。里桜がよがる姿を見て雅春は輿水にコンプレックスを感じずにはいられなかった。雅春が項垂れているのを見て玲央奈が頬を撫でてきた。

「残念だけど、里桜の言ったことは女の本音なの。屋敷に来てから誰も雅春くんのオチ×チンをほしがった人はいないでしょう？」

玲央奈は意地悪く追い討ちをかけてきた。雅春は悔し涙を流した。

「あら、泣かないの。男子としてはあれだけど、女子としては魅力的よ。私が男だったら犯しちゃいたいくらいよ」

「……」

「あんたは愛玩奴隷の寿々花なの」

雅春は噎び泣いた。その隣では肉の打擲《ちょうちゃく》音が激しく鳴り響いている。

里桜の尻は高く持ち上がり乳房が揺れ動いた。そして、少女の甘酸っぱい果実のような汗の匂いとともに隠微な蜜汁の匂いがないまぜになって漂い出す。

雅春の股間がズキズキと疼き痛みが走る。手を股間にやろうとすると目敏い聡美に制止された。

「お嬢様、自慰は許可したときだけですよ」

「ああ、そんなぁ……アソコが痛い……」

ペニスと射精が男であることの証明だったことに雅春はようやく気づいた。

「今日はお尻の穴で牝奴隷の歓びを知るのです」

「そ、それは……」

首を振ってぜいぜい喘いでいる。

「玲央奈、もっと強力な媚薬を塗ってやれ」

「わかったわ」

指示された玲央奈は新たなチューブを取ってきて潤滑油を菊蕾の奥にたっぷり塗り込もうとする。

「やめろぉ！」

雅春はできるだけ尻を振って抵抗を試みた。そのとき第一関節まで入っていた玲央奈の指が抜けてしまう。

「指が折れたらどうするのよ。男のできそこないのくせに玉袋をぶらぶらさせて。なんて情けないの。金玉を潰してやろうかしら？」

「いぎゃあッ！」

憎しみを込めた目で玲央奈が陰嚢をぎゅっと握った。

「今度暴れたら本当に許さないわよ」

玲央奈はさらに大量の潤滑油を直腸に塗り込んだ。

それは腸壁に唐辛子を塗り込まれたように熱く染み込んでくる。ムズムズと何かが蠢く痛痒感が燃え上がった。

「ああ、痒い、痒い……あ、あぐぅ」

美少年は堪《こら》えきれずに忙《せわ》しなく尻を揺さぶった。

「本当に潰されたいの？」

「あ、あ……それは勘弁して」

「勘弁ですって？」

「……うぅ、やめてください……ませ」

「口のきき方には気をつけることね。叔父さまに犯されて牝奴隷になったら厳しく躾けるからね」

玲央奈はまたも潤滑油を肛門を擂り込んだ。わざと引っ搔いて、傷口に浸透するようにした。

「やめてくれ、やめてくれ！」

「男の子のほうが後ろを犯されたら気持ちいいのよ。ほら、ここに膨らみがあるのがわかる？」

玲央奈が直腸のどこかを擦り上げた。そのとたん、美少年は言いようのない快楽に襲われた。

「んひゃあぁ」

「前立腺というの。ここを刺激されたら堪らないんでしょう？　クリペニスをピクピクさせてるわね、面白い」

「あひぃ、あひゃぁあ！」

少年の鈴口からは滔々《とうとう》と蜜が溢れ出す。

「叔父さまの真珠玉がここを擦るときっとすごいことになるはずよ」

指が引き抜かれると、雅春はすぐさまお尻に手を伸ばした。

「痒い、痒い……」

「何をしているのよ。もうダメな子ね。聡美さん、縛り上げましょう」

「せっかく牝犬のように四つん這いで犯してあげようとしたのに、手を縛られるのが好きなんですね」

雅春は言葉どおり再び後ろ手に縛り上げられた。そのせいで、上体を支えきれずに台の上に頰をつかなければならなかった。汗まみれの乳房が台座に密着した。

そんな少年を煽るように輿水は里桜を貫いた。

「おら、おらッ、どうだ？」

「あああッ……家畜のように里桜は犯されて感じてます。あひゃぁん、ああ、子宮が潰れそうなほど気持ちいいです」

首輪が連結しているために里桜の顔はすぐ近くある。

熱い吐息が雅春の頰の産毛《うぶげ》を撫でたかと思うと顎から涎が滴り落ちてきた。その顔は雅春が知っている里桜の顔ではなかった。誰かが言っていたがこういうのをマゾ顔というだろうか。妖しく美しかった。

雅春はペニスの疼きに苦しんだ。

「あ……あッ、痒い……うぅ、何とかして」

雅春は懸命に尻を振り立てて訴えた。

「寿々花、わしのがほしいか？」

「……」

雅春はつい浅ましい妄想をしてしまった。

里桜の性器から出入りしている肉棒で直腸を抉られたらどれほど気持ちいいことだろう、かと。想像するだけで尿道からカウパー氏腺液がドロドロと溢れ出た。

それを享受すれば一線を超えてしまうとわかっていながら、もはやどうすることもできないのだった。

「んんんッ」

「叔父さまの情けを断ったら覚悟するのね。向こう一週間は女にしてもらえないわよ。その間、里桜のセックスの介助役をやらせるからね」

「ああッ……」

美少年は絶望に噎び泣いた。

輿水は少年の葛藤する様を見下ろしながら里桜の尻を叩いた。

「おい、妹に何かアドバイスしてやれ」

「……す、寿々花ちゃん」

「……違う」

雅春はすすり泣いたが里桜は譲らなかった。

「寿々花ちゃん聞いて……私たち奴隷はご主人様に忠誠を誓うしかないのよ。その代わりに普通では得られない快楽を与えてくださるわ……私もお尻の穴で犯されると恥ずかしいのに……とっても感じてしまうの……寿々花ちゃん、私の妹になって」

里桜が身を寄せてきた。それはある種の慈愛に満ちたものだった。

「あああ……里桜ちゃん、僕は……僕はどうなるの？」

「……」

それまで静観していた輿水が再び動き出した。

「ほら、答えてやれ」

「ああ、セックス奴隷……になります。んあぁ、ひぃ、そんなにしたらイッちゃいます。くひぃ、お許しを！」

「おらッ、鶯の鳴き声を教えてやれ！」

「んひぃ、んんぅ……あ、あッ、イクぅ！　ご主人様のおチ×ポで里桜、イッてしまいますぅ！」

里桜は高まる快楽に無我夢中で叫んだ。

彼女の中ではすでに雅春は淡い恋心を抱いた相手ではなかった。自分と同じ境遇の奴隷なのだ。

幻想よりも真実を受け止めなければここでは生きていけないのである。

7

輿水は肉棒を引き抜いた。

「ふー、思わずイッてしまいそうになったわ」

輿水は額に貼りついた髪を掻き上げて、ほとんど閉じていた左目をゆっくりと開いた。

左右不均衡な目で睨まれると威圧感がさらに増した。

「で、どうするんだ？」

「……」

少年が逡巡するのが輿水には手に取るようにわかるのだろう。

初めての少年奴隷を完全に屈服させたのである。

「ほしいんじゃないのか？」

蜜汁塗れの醜い肉棒を美少年の菊蕾に軽く押しつけてきた。

「ッ!?」

それだけで雅春の陰嚢は縮み上がった。しかし、それに反して痛痒感に苦悶する菊肛は刺激を求めてやまない。

「んひぃ」

雅春が後ろを振り返り主人を仰ぎ見た。

「犯されたいなら里桜のように奴隷口上を言ってみろ」

「あうぅ……あッ、あぅ……ほしい……でも……」

瞳を潤ませて美少年は躊躇している。しかし、その言葉は完全に屈服しているという告白であった。輿水はペニスの先端を排泄器官に押し当て様子を窺った。

「わしが後ろの処女を散らしたら、今後いっさい男扱いしなくなるが、それでいいのか？」

「うぅ……僕は……」

「その話し方も矯正せねばならん」

「そ……そんなぁ」

思春期の少年というものは第二次性徴の過程を経ることで自分が男であることを自覚していく。理想の男性像について淡い夢を見る時期でもあり、それを追い求めることで成長していくのである。しかし、雅春は……。

「どうする？」

不敵な笑みを浮かべながら、輿水は美少年のプリプリした桃尻をスパンキングした。

パシーン、パシーンという打擲音が部屋に鳴り響き、それとともに真っ白い肌が真っ赤に染まっていく。そのたびに瑞々しい尻肉が波打つ様は少女の肉質と遜色なかった。

「あひぃ……痒い。ああ、痒い、痒い」

刷り込みが功を奏したのか、雅春の口調は女のそれに変わりつつあった。

パシーンと叩かれるたびに、その痛みが尻の皮膚から内部に染み込んでくるが、直腸の痛痒感を緩和するまでには至らなかった。むしろ、新たな刺激が加えられることで腸壁がますます疼くばかりである。

「里桜のように後ろの処女を散らしてくれとおねだりしてみるんだ」

「……んひぃ、あッ……後ろの穴を犯して……ください」

「どんなチ×ポなんだ？　正確にきちんと言うんだ」

観念した雅春は消え入りそうな声で訴えた。

「大きくて太いチ×ポです……寿々花の、後ろの穴に……」

「もっと女みたいな声でみんなに聞こえるように言うんだ。ほら、最初からやり直しだ」

「あ、ああ……寿々花の後ろの穴を犯してください。ご主人様の太いオチ×チンで、寿々花にマゾ啼きさせてください。ああ、言ったから早く犯してください」

少年は甲高い声で敗北宣言する。

「いいだろう。牝の悦楽をたっぷりと教えてやるとするか」

「んぎゃあーッ!?」

輿水は一気に体重を雅春に乗せた。

凶悪な亀頭がメリメリと狭隘《きょうあい》な門を押し開いていく。排泄器官は本能的に異物を押し出そうとする。だが、いったん陥落した菊門は蹂躙されるしかないのだ。

男に犯されているという絶望感が雅春をじわじわ覆い尽くしていく。

「あ、あひぃ、んひゃぁ！　あ、あひぃ……」

突出した雁首で抉られると媚薬で蕩けた腸はひとたまりもなかった。鍬《くわ》で耕《たがや》すように摩擦が加わると、骨の芯から震えが起こり、真性包茎の痛みさえも快楽に呑み込まれてしまう。

「どうだ、尻で感じるか？」

「ああ、聞かないで……あひぃん」

「いや、そうはいかない」

そう言って輿水はストロークを大きくした。苦痛と快楽の狭間で雅春は身を仰け反らせた。そして躍動した少年のペニスが、いったんブルンと下方へ振り下ろされ、再び封印された亀頭から先走り液を撒き散らしながら跳ね返ったのだった。

「あひゃぁん、そんなにしたらお尻が壊れちゃう」

「わしのが尻のなかでどうなっている?」

「んひぃ!　ご主人様のオチ×チンがお尻の中を出たり入ったりしてます。んひゃぁ、あひぃ!」

「感じているんだな?」

「んん……気持ち悪いです。あぐぅ、お尻をそんなにしないで」

胃を下から圧迫されるような息苦しさが少年を襲った。そのおぞましい圧迫感とともに排便時の快楽を数十倍、いや数百倍に増大させたような快楽が押し寄せてくる。

雅春はそれを頭では否定しようとするが、圧倒的な快感の前では無力だった。

「んひゃ、むひゃん!　あ、あひぃん!」

「前立腺はこのあたりか?」

輿水は肉竿の裏に埋め込んだ真珠玉でその部位を激しく擦り上げた。

「んんひぃ……やめてぇ！　おかしくなっるぅ」

「感じているんだな？」

「あひぃ、ああ……そんなの嫌です……ひぃん」

輿水は少年の尻を両手で鷲掴みにしてこねくり回した。それに呼応するように肛門括約筋がキュッキュッと締めつけた。

「ははは、なかなか締まりがいい牝穴だぞ！」

「うぅ……ぐひぃ！」

「何をされているのか里桜に説明するんだ」

「は、はひぃ……里桜ちゃん、僕はお尻の穴を犯されてます。あひぃ、そんなに奥まで入れないでください」

「里桜お姉様と呼べ。自分を『僕』というのも許さぬ。『寿々花』と名乗るのだ。わかったら言い直せ！」

二十センチもある巨根で串刺しにされた雅春に抵抗する気力も術《すべ》もなかった。

「里桜お姉様。寿々花はご主人様にアヌスをオマ×コしてもらっています」

「そんなにオマ×コが好きか？」

「はひぃ、好きです。ああ、もっと犯してください。あひぃん！」

「嘘がないか調べるんだ」

指示された玲央奈が雅春のペニスを観察した。真性包茎からわずかに覗いてる亀頭の先端からは大粒の粘液が滔々と溢れ出し、竿から睾丸までびっしょり濡れている。

さらに隣にいる里桜の股間も観察した。陰部から太腿にかけてべっちょりと愛液で濡れていた。

「寿々花はとっても感じてますわ。さもしいクリペニスをぴくぴくさせています。里桜もはしたなくお股を濡らしています。きっと姉奴隷としてアヌスを犯されたいんですわ」

玲央奈は興水をそそのかす。

「ほぉ、里桜、そうなのか？」

「ち……違います」

「あたしの見当違いなのかしら？　じゃあ、潔白を証明してね」

玲央奈は強力な媚薬を里桜のアヌスにもたっぷりと塗り込んでいく。

「あひぃ……いやぁ……あぁ、痒い……灼けるように痒い」

「今、妹が女になっている最中なんだから邪魔しないでよ」

玲央奈はサポート役を楽しげにこなしている。天性のサディストなのだ。

ほどなくして里桜は尻を忙《せわ》しなく揺さぶって雅春の腰にぶつけはじめた。

「あぁッ、ご主人様、里桜にもお恵みを……」

「里桜お姉様……」

「許して……寿々花ちゃん、アヌスが切ないの……あひぃ、痒い、痒い」

里桜の必死の訴えに輿水は揶揄《やゆ》するよりも手本にしたほうが面白いと考えたようだ。

「妹にちゃんと啼き方を教えられるか？」

「はい、それは大丈夫です。どうか里桜にも……あひぃ」

輿水は少年の尻穴からグロテスクにぬらついた肉棒を引き抜くと、そのまま里桜の尻穴にずぼりとはめ込んだ。

「んひゃあ！」

里桜の尻穴は輿水のペニスサイズに十分拡張されていた。直腸全体が蠕動運動で締めつけてくる。肛門でおねだりしているようだった。

「女の穴をさんざん凌辱してやったというのに、どうしようもない淫乱だな……妹が羨ましかったんだろう？」

「おっしゃるとおりです……里桜はご主人様に犯してほしくてたまりませんでした」

「つまり、玲央奈の指摘どおりだったわけだな」

「はい……妹にいい顔をしようと嘘をついておりました。お許しくださいませ」

「本性を見られて幸せか？」

「あひぃ、はい……里桜は卑しいマゾ牝でございます。おケツの穴をオマ×コしていただいたら、またイッてしまいそうです……あんんッ」

里桜は際限のない官能の嵐によがり啼き続けた。

「これがマゾの啼き声というものだ。寿々花、おまえもさっきまでこんな声をあげていたんだぞ」

「あ、あんん……」

雅春は掠れた声を鼻から洩らした。ペニスの挿入で掻痒感は若干軽減したものの、恐ろしいことに一度憶えた快楽の味を再びほしがるのだった。

「ご主人様、寿々花の後ろの穴ももっとグチャグチャに犯してください」

そう言って少年は目先の倒錯行為に縋《すが》ろうとした。

「妹があぁ言っているぞ？」

「あぁッ、あと少しでイケそうなの……いま抜かれたら切ないです。あぁ、抜かないでくださいませ。どうかお情けを」

「里桜お姉様ばかりずるいわ。寿々花にも本当の快楽を教えてください」

雅春は徐々に消えゆく男をいまだに心のどこかで意識しながら少女のように哀願した。すると、望みどおり輿水のペニスが再び押し入ってきた。蹂躙される苦痛と同時に身体の中心から湧き上がるアブノーマルな悦楽に身を委ねた。

「ああ、ご主人様のが入ってくる。あひぃ、寿々花もイキたいです。どうか、おチ×ポをしごいくださぃ！」

「ダメだ。おまえにはアナルセックスだけでいい！」

輿水は冷徹に言い放った。

「そんなぁ」

聡美が気を利かせて金属製の何かを取り出した。あの色からすると純金製かもしれない。それは筒状のもので、先ほどまで雅春の口に入っていたものに似ていた。表面には「寿々花専用」と記されている。

「お嬢様はこれから毎日装着するのですよ。ほら、このリングを睾丸に回して鍵をかけると……うふふ、そんな恐ろしいものでも見るような顔をしないでくださいませ。そんなに心配しなくても大丈夫ですよ。オシッコの穴は開いていますからね」

「あ、ああッ、いやぁ、そんな変なものつけたくないです」

「ははは、それはそうだろ。なにしろチ×コをしごくことができなくなるからな」

「んひぃ、あ、あくぅ、あんまりです……」

「その代わり、牝の快楽をたっぷりと教えてやろう」

玲央奈がスカートを捲り上げて例の双頭の張形を露にして近づいてきた。

「もう我慢できないわ。叔父さま、寿々花を持ち上げてくださいませ」

「ほほう、そうかそうか」

輿水に乳房を摑まれ雅春の上半身が浮いた。すると、玲央奈が雅春の口先に張形を突きつけた。少年は外界を拒絶するように目をつぶり異物を呑み込んでいった。

輿水と玲央奈は阿吽の呼吸で互いに腰を動かした。

「んぐぅ、んんッ！」

一方でアヌスを突き上げられ、他方では口内を蹂躙される。両サイドからの猛攻に雅春の脳髄は沸騰していく。

包皮ペニスが痛々しいほど膨らみ、虚しく上下に揺れては腹を打っている。

「んん、んんひぃぃ！」

雅春がくぐもった呻き声をあげた。

身体が硬直し絶頂が迫っているのは誰の目からも明らかだった。

「同時にたっぷり出してやろう」

輿水が玲央奈に合図を送る。

「ええ、そのつもり。大量の精液を飲ませてあげるわ」

「んんんーーーッ！」

雅春のはちきれそうになっているペニスがよりいっそう膨らみ躍り狂った。濃厚な白濁液が尿道を駆け上がってきた瞬間、喉にも忌まわしい粘液が打ち込まれた。

目を見開いて反射的にそれを嚥下した。

雅春の尿道を駆け抜ける精液もそれに負けていなかった。尿道を灼くように、ドピュドピュと乱射した。

「イク、イクうううッ！」

絶頂の不随運動で括約筋が痙攣し、輿水の巨根を締めつけた。

「あああぁッ……」

「たっぷりと出ましたわ。でも、若いだけあってまだ勃起していますね」

「ははは、こんなにチ×ポを振り回して射精できるのは今日で最後だから、徹底的に犯し抜いてやるか」

輿水はいまだ衰えぬペニスを引き抜くと今度は里桜の尻穴を犯しはじめた。

果てしない饗宴は深夜まで繰り広げられた。雅春は腰が立たなくなるほど幾度も射精させられた。

意識が朦朧とするなか、医療接着剤を特殊な溶液で剝がされ、亀頭に溜まった恥垢を取り除かれた。そして、抵抗も虚しく純金製の貞操帯を装着させられた。

それは「雅春」から「寿々花」へと変貌した瞬間でもあった。

第四章　セーラー服と器官銃

1

アナル破瓜から雅春は熱を出し数日寝込んでしまった。

ようやく昨晩から熱は下がった。

朝方、空は鉛色の雲に覆われていたが、昼過ぎには窓を叩く雨へと変わった。

昼食を摂《と》ったあと、雅春は執務室に呼ばれた。

「お嬢様、奴隷の務めには自分の体調管理も含まれていますのよ」

聡美が淡々とした口調で言った。

「……すみません」

「では、裸になってくださいませ」

言われたとおりネグリジェを脱いだ。コルセットは外されていたが痩せた腰は括れたままだ。生理食塩水は身体に吸収されCカップがAカップまで小さくなっていた。

股間には純金製の貞操帯が輝いている。

発熱して体調不良になっていたときは気にならなかったが、今朝から貞操帯の真の恐怖を知ることとなった。朝勃ちしようにも容積が決まっているので、海綿体を膨張させることもできない。これほどの苦痛を味わうことになるとは思わなかった。ペニスに触れることさえできないのが何よりもつらかった。

まだ真性包茎のほうがマシだった。

「お願いです……これを取ってください」

「鍵を持っているのは旦那様だけでございます。残念ですが、旦那様は昨晩から出張で関西へ出かけられました」

「いつ戻られるんですか？」

「さぁ、いつになるか存じ上げておりません。大臣の献金問題がニュースになってしまいましたから」

知らない間に何か大きな事件があったようだ。

「……そんなぁ」

雅春は貞操帯を外してもらいたい一心で、輿水の帰宅を願った。聡美が意気消沈した雅春の顔を覗き込んで言う。

「チャンスをあげますわ。ゲームをしませんか？」

「ゲーム？」

「旦那様が戻ってくるまで、男の子でいられたらお嬢様の勝ち」

「ほ、本当ですか！」

「でもお嬢様のほうから女の子にしてほしいと言ったら負けでございます」

「大丈夫です！」

雅春はとっさに聡美の土俵に乗ってしまったが、まだ相手が海千山千であることを理解していなかった。

「ゲームのルールは簡単ですよ」

さも嬉しそうに聡美がゲームの説明を始める。そして長机の上に男子用の夏用制服と女子用のセーラー服を並べた。

「ルールっていったい……」

「男の子になりたかったら毎朝、男子の制服を選ぶだけです」

「それだけ!?」

「射精したらゲームは強制終了です。お尻の穴でオナニーをしてもいけませんからね」

「そんなことするわけがない……」

「今となっては太いものがほしいかもしれませんが」

アナル破瓜のことを言われたとたん、意に反して雅春の後ろの穴がムズムズしてきた。

「……本当にルールはそれだけなの？」

「ええ、それだけですよ。でも、お嬢様がセーラー服を選んだらもう手加減はいたしません。女性ホルモンも注射するし、アヌス開発もしますからね。徹底的に」

「それならルールの確認をさせてください」

「ええ、いいですよ」

「旦那様が戻ってくるまでの期間が漠然としすぎてます。僕がセーラー服を着るまで帰ってこない可能性もあるわけだし。どうか期間を設けてください」

「確かにそうですね。それでは、二週間でどうでしょうか？」

「……わかりました」

完全に納得したわけではなかったが、ゲームを拒否することもできなかった。

まずは男子用の制服を選んだ。しかし、服を着たとたん違和感に襲われた。

白いワイシャツに乳房と、さらに頂《いただき》にある乳首が浮かび上がってしまうのだ。ズボンのベルト穴が二つほど緩くなっているのに、お尻と太腿のあたりがパツンパツンになっていた。

わずかな期間で身体が女体化していることを痛感させられたのである。

（まだ引き返せる。男の身体に戻らないと）

少年は心のなかで唱えた。

2

ゲームの意味にすぐに気づかされることになった。

屋敷はいわば輿水のハーレムなのだ。ただでさえ奴隷メイドたちは卑猥な超ミニ姿を見せつけてくる。禁欲を科せられた少年には刺激が強すぎた。

「あら、お嬢様。今日は男装？」

「男子の制服も似合うのね」

「ズボンにパンティラインが見えてますよ」

メイドたちがあれこれ揶揄《やゆ》してくる。

少年は逃げるように自室に戻った。

ふだんならメイクや行儀作法の時間だが、今日はやることがなかった。

何もしないのはいけない。勉強しようと思った矢先にペニスが反応した。しかし、勃起しかけたところで物理的に押しとどめられてしまう。いけないと思えば思うほど、血液が股間に集中する。するとペニス全体に痛みが走った。亀頭が突っ張る感じだった真性包茎のときよりも圧迫感も絶望感も段違いだった。ペニスに触れたいと切に願うばかりで、勉強など手につかなかった。

やがて夕方になり玲央奈と里桜が帰宅した。すぐに雅春は玄関ホールに呼び出された。

男子の制服を着ている美少年を見ると玲央奈が口の端を歪めた。

「まだ男の子に未練があるの？」

「……」

玲央奈は苦笑を浮かべながら、リードを引っ張った。

四つん這いで近づいてくる里桜に雅春は驚きの声をあげた。

「里桜……お姉様」

「今日は部屋で散歩といきましょうか。尻尾を持ってきて」

それを聞いた奴隷メイドがすぐに黒光りする極太のバイブを持ってきた。

肉竿には螺旋状の溝が刻まれている。溝と溝の間には真珠玉を思わせる大小の突起物があった。亀頭も粗悪なジャガイモのようにデコボコしていた。

「それを落とすんじゃないよ」

鎖で封印された里桜の股間には薄桃色の花唇が顔を覗かせていた。その上でおちょぼ口をしたアヌスに潤滑液を塗り込むと玲央奈は力任せにバイブをぶち込んだ。

「んひぃぃ……あ、あぐぅ！」

十五センチほど入ったが、それでも十センチ近く飛び出している。

バイブのスイッチが入れられ、取っ手部分が回転を始めた。

「はい、これを握ってね」

雅春はリードを無理やり握らされた。

里桜は観念したように歩き出すとリードがぴんと伸びきった。

雅春の位置からは里桜の括れた腰やプリプリと突き出された尻がよく見えた。直視しないように横に並ぼうとしたとたん、二人の首に電流が走った。

「リードをしっかり引っ張って顔を上げさせないと、二匹とも罰を与えるからね」

里桜は言われたとおりにしたので、リードが背中から浮いてぴんと張った。

「うちの可愛い牝犬に仕込んだ芸を愉しむことね」

「あああ……」

里桜は呻き声をあげながら歩き出した。

だが、すぐに玲央奈が難癖をつけてくる。

「もっと尻を左右に振るのよ」

「ああ……恥ずかしいです」

「じゃあ、それを忘れさせてあげるわ」

玲央奈がバイブのスイッチを「強」にした。はみ出したバイブが激しく円を描きはじめた。

「んひぃ、ああッ」

里桜がうつ伏せになったため、リードがたるんでしまった。すぐに身体を起こしたが、玲央奈はそれを見逃さなかった。

「いやああッ！」

「熱いッ!!」

玲央奈は二匹の愛奴に懲罰を与えた。

「次にやったら一分続けるわよ」

そこまでやられれば火傷《やけど》の痕が残るだろう。二人は必死になった。

「寿々花ちゃん……首輪を引っ張っていてね」

「でも……」

「仕方ないの……言うとおりにして」

里桜は雅春が男子の制服を着ていても、あくまで妹として扱っている。それが少年にとってはつらいことを承知のうえだった。なぜなら彼女は支配者たちの狡猾さを知っているからだ。最初から期待を抱かせないほうがいいとの温情によるものだった。

「あ、ひぃ……」

直腸内でバイブが暴れ回っている奴隷少女は背中を海老反りにして大理石の上を這った。

どうしても重みでバイブが少しずつ抜けていってしまう。

「ほらほら、バイブが抜けてきたわよ」

「ああ、戻してください。里桜のお尻の穴に戻してぇ！」

「いつものようにチンチンをするのよ」

「ああ……妹の前でそんなこと」

里桜は憐れな声で拒絶の色を示した。

「連帯責任を受けるなら好きにすればいいわ」

里桜は振り返って言った。

「寿々花ちゃん……尻尾が抜けそうになったらこうするの」

里桜は犬が芸をするときのように脚で立ち上がった。そうすることでバイブを床に押し当てることができるのだ。

「オチンチン、オチンチン」

里桜がスクワットするたびにバイブが直腸に押し込まれていく。

「……里桜ちゃん」

雅春は愕然としていた。

「ああッ、オチンチン、オチンチン」

一方で割れ目が開こうとするが、鎖で封印されているために苦しそうにしていた。

「ちゃんと入れた？」

見ればわかるものを玲央奈はわざわざ確認する。

「入りました……あぁ、お尻が抉られて……感じてしまいます」

「勝手に臭い牝汁をこぼすんじゃないわよ」

「どうかお許しくださいませ」

里桜は大理石の上に垂れ落ちた愛液を舐め、再び四つん這いで歩きはじめた。

玄関ホールに戻ってくると、いつの間にかそこにはオマルが置かれていた。そして、オマルの下には二組のセーラー服とスカートが敷かれていた。

「オマルのセットが終わりました。さあ、こちらを」

年配の奴隷メイドが含み笑いを浮かべながら玲央奈に乗馬鞭を渡した。

「二匹ともさっさと歩くのよ！」

早速、玲央奈が雅春の尻に乗馬鞭を振り下ろした。

「いひゃあぁッ！」

玲央奈は二発目を打たずに鞭の先で少年の尻を撫でた。

少年が追い立てられるとリードがたるんでしまう。

そうはなるまいと里桜はさらに速度をあげてオマルまで這っていく。

「ああ、お願いです。どうか、妹の前ではお許しください」

「この子にもいずれ必要になることなんだから実技してみせるのよ」

「やめてあげて……」

少年は前屈《かが》みになって消え入りそうな声を出した。だが、ペニスは貞操帯のなかで極限まで膨らみ、苦痛に耐えなければならなかった。

「いつものようにオシッコをなさい」

「……あぁ、今日は許してください」

「それはできない相談ね。さぁ、さっさとやるのよ」

仕方なく里桜は片脚をゆっくりと上げた。

「近いわね……もっとオマルから離れなさい」

「そ、そんなぁ……」

「上手《じょうず》にオシッコを飛ばせばすむことでしょう？　もっと距離を取りなさい」

里桜はオマルから一メートル近くも離されてしまった。

「うぅ……こんなに離れていたら無理です……」

「何言っているのよ。いつもあんなに飛ばしているじゃない」

玲央奈は雅春の小さな乳房を背後から掬《すく》い上げて優しく揉んだ。

「やめて……そこを揉まないで……」

「あらあら乱暴な言い方ね。うふふ、でも、何日もつかしらね」

ワイシャツ越しに乳首をこね回す。

「里桜のセーラー服が黄ばんでいることに気づいた？　何でかわかる？」

オマルの下に敷かれたセーラー服に目を向けると、一枚はクリーニング済みなのか白かったが、確かにもう一枚はクリーム色に変色していた。

「……も、もしかして」

「そのもしか、よ。オマルから外れたオシッコはセーラー服やスカートで拭くことになっているの。そして汚れたまま乾燥機にかけて聖水染めをしているのよ」

雅春のパンティと同じことを里桜は制服にされているのだ。

「なんてことを……」

思わず雅春はつぶやいた。それを見た玲央奈が説明した。

「綺麗なほうはおまえのセーラー服よ」

雅春のセーラー服だとは里桜も思わなかったようだ。

「あんまりです……虐めるなら私だけにして……」

「麗しい姉妹愛ね。さぁ、妹のセーラー服に匂いづけをするのよ」

里桜は持ち上げた片脚を鞭で撫でられた。無防備にさらけ出された割れ目は貞操帯で封印されている。そのくせ陰核だけが存在を主張している。鎖と小型の南京錠がアクセサリーとなって奴隷の淫靡さを醸し出していた。

「牝犬の排尿をなさい」

玲央奈に命じられたがさすがに里桜は躊躇した。

すぐ目の前に顔を蒼褪《あおざ》めた雅春がいるのだから。

「おまえがやらないなら、この子が痛い目に遭うわよ」

「私がやりますから、妹を虐めないで！」

里桜は下腹部に力を込めると無理やり排尿を始めた。いつもより脚を高く上げて角度をつけて勢いよく何なんとかオマルのほうに近づいていった。

「里桜ちゃん！」

弧を描いた尿がオマルに入った。そして底にぶつかり派手に四方に跳ね返った。

「あぁ、オシッコが止まらないぃ！　ああ……」

里桜は雅春を意識せずにすむように悦虐の世界に浸った。それが彼女の処世術であった。

3

それからさらに数日が経過した。

日に日に性欲が募っていく雅春は隙あらば勃起しようとするペニスに苦しめられた。真性包茎にされた際に苦痛と快楽をないまぜにされた結果、苦痛が快楽を呼び起すようになってしまった。雅春は夜も眠れなかった。

夕方になれば里桜の散歩をしなければならない。

牝犬の排泄作法を見せられ、飛び散った聖水をセーラー服や水着、体操服などを使って拭かされた。

今日も何とか男子の制服を選ぶことができたが、明日のことを思うと不安だった。貞操帯のせいで股間が麻痺しているのだ。

その晩、両手を後ろ手に拘束されて玲央奈の部屋まで連行された。

メイド服を着た玲央奈が冷笑を浮かべながら迎え入れた。

玲央奈の室内にはセーラー服を着てはいるが下半身剝き出しの里桜が吊られていた。口には精液を仕込める双頭の張形が咥えさせられていた。今日も同級生の精液を搾り取ってきたのだろう。陰嚢袋がパンパンに膨らんでいた。

「今日はおまえが男かどうか試してあげる」

「何をするつもりですか!?」

美少年は警戒して身をすくめた。

「簡単よ。里桜を満足させてあげればいいのよ」

そう言って雅春の股間に媚薬を近づけた。

「今日はちょっとだけよ」

宝石のような突起に媚薬を塗り込むと、ほどなくして里桜はくぐもった声をあげはじめた。

「……僕に何をさせる気なんですか!?」

「せっかく寿々花が男に戻っているんだから、好きな女の子とキスさせてあげようと思ってね」

玲央奈は恩着せがましく言うと、雅春のズボンとパンティを引きずり下ろした。そして、二人を向かい合わせる。

背中を押された雅春は観念して里桜に顔を近づけた。

キスをしろと言われてもの里桜の口には双頭の張形がねじ込まれている。雅春は悪辣な嗜虐者のなすがまま張形を口に含みキスをしようとしたが困難だった。極太の張形は咥えるだけでも精一杯で里桜の唇まではかなり距離があるのだ。喉の奥まで思いきり亀頭を呑み込んでも、まだ五センチ程度は残っていた。

「んんッ」

里桜の身を揺るたびに張形が喉を突いてきた。

媚薬が塗り込まれた陰核が灼けるように痒いのだろう。

二人は両手の自由を奪われているために、痒みを除くには貞操帯を突き合わせるしかなかった。

雅春はさらに数センチ進めば喉の奥を塞がれ窒息してしまう。両頰に陰嚢袋が触れた。二人の頰に押され、ジュルジュルと生臭い粘液が噴出してきた。

それでも懸命に腰を前に出すと、里桜の陰核に自分の貞操帯が触れるのがわかった。

「んひぃ、んんッ！」

里桜の鼻から熱い吐息が漏れた。雅春は息継ぎをするために腰を引いた。すると里桜の陰部が貪欲に快感を求めてきた。

雅春は貞操帯を上下に揺さぶって里桜を刺激した。

割れ目から顔を覗かせている少女の陰核は小指の先くらいの大きさはありそうだ。

(僕が里桜ちゃんを感じさせているんだ)

雅春には男としての自負心が湧いてきた。しかし、貞操帯を嵌《は》めているため陰核に触れているという実感がまったくなかった。わずかに刺激がわかる場所は排泄穴として開いている尿道口だけである。

雅春はその刺激を求めて腰を振った。

しかし、それこそが罠だった。

陰茎の粘膜を押しつけたことで、陰核に塗り込まれた媚薬が尿道口の周辺の皮膚に浸潤することになってしまったのだ。

「んひぃ、んんんッ」

そうなると雅春も痒さを紛らわせるために前進せざるをえない。

ついに張形が気道を圧迫し息ができなくなった。圧迫された陰嚢袋からはとめどなく白い粘液が流れ込んでくる。そして、キスまであと少しというところだった。

接触できるのは乳房と封印された性器同士だけだった。

汗をなすりつけながら互いを貪《むさぼ》った。

動物的で不器用な交わりだったが、二人は取り憑かれたように粘膜同士を擦り合わせた。

(ああ、こんなのひどい……里桜ちゃんとセックスさせてくれ)

そう思うと雅春のペニスは貞操帯のなかでジンジンと疼いた。

(女の子のアソコはきっと柔らかいはずなのに……こんなに硬くて冷たいもののなかで苦しいよ……)

少年の欲望は膨らむばかりだった。

それが玲央奈の狙いだとわかっていても抗《あらが》えなかった。

しかし、里桜はほどなくして身体をガクガクと痙攣させ、絶頂を迎えてしまった。

するともう用済みだというように、雅春はパンティを穿かされ部屋へと戻された。

そしてすぐさまベッドに大の字に縛られたが、尿道のあたりがウズウズして堪《たま》らなかった。軍隊アリがいっせいに行進するような掻痒感に苛まれたのである。

さらにベッドの上でパンティを穿いたまま、自分の意思でお漏らしをしてしまったのだ。

当然のことながらそれは翌朝から懲罰の対象となり、執務室で聡美からお尻を鞭で打擲《ちょうちゃく》されることになった。そして、翌日も里桜の牝犬散歩と深夜の媚薬責めを受け、結果粗相をしでかした。

さらに日付が変わると、ついに雅春の身体が屈服した。

数日間、浅い眠りが続いたことで、昨晩はぐっすりと眠ってしまった。目を覚ますと、パンティがぐっしょりと濡れていた。最初はおねしょかと不安になったが、奴隷メイドからパンティの粘り気を指摘された。なんと夢精してしまったのだった。

「お願いです。オナニーをしたわけではありません。どうか許してください」

「ダメですよ。許可なく射精をしたのですから、今日からお嬢様生活に入らせていただきます」

雅春はわずかにクリーム色に変色したセーラー服を身につけた。

夢精したというのによりいっそう射精欲が高まっている雅春は、本来ならおぞましいはずの聖水染めセーラー服に昂奮してしまった。聡美は電話で雅春の粗相を伝えた。

やはりゲームの結果を確認してから輿水は戻ってくるつもりなのだ。恨めしい目で見ていると聡美が微笑んで言った。

「夢精してよかったのではないですか？」

「何で!?」

「二週間も我慢できましたか？」

「……」

強く否定することはできなかった。

聡美は必死で笑いをこらえた。なにしろ、雅春に昨晩、睡眠薬入りのドリンクを飲ませたのだ。そして朝方、里桜が寝室に忍び込み、精液の溜まったコンドームの口を切ってパンティを汚したのである。

夢精は確かに釈然としないはずだった。

身も心も女になるのは主人の前でなくてはならない。つまり、最初から雅春が負けることは決まっていた。どのくらい持ちこたえるかということだけが不確定だったのだ。ある程度立派に耐え抜いたことに聡美は賞賛さえしていた、奴隷として。

「……貞操帯を外してください」

「鍵は旦那様だけが持っていると言ったはずですよ」

「で、でも、苦しいんです……」

「今日から女子教育を再開しますので、たっぷり射精させてあげますわ」

射精と引き換えに屈服したと念押しされているようで雅春は悔しくて仕方がなかった。皮肉なことに、女体化させられるなかで、男としての拠《よ》りどころが射精であった。凄まじい快楽を得るたび、自分が男であることを強く意識することになるのだ。

「でも、その前にこのお注射ですよ」

聡美は注射器に薬液を注入してみせた。

「……それは、まさか!?」

「女性ホルモンです。以前約束したでしょう」

「嫌だ、嫌だ！　それだけはやめてくれ！」

「まぁ、男言葉なんてダメですよ。罰としてもう一ミリグラム追加ですね」

新たなアンプルから薬液を吸って、針先から薬液を飛ばしてみせた。

雅春は二人のメイドによって机に押しつけられた。そしてスカートを捲り上げられ、パンティをTバックのように食い込まされた。そのまま白い尻肉にヒンヤリとした消毒綿を当てられた。

「女性ホルモンの注射を始めたらもうあと戻りはできませんからね」

「嫌だ……やめてぇ」

「うふふ、オッパイを何度も膨らませたから細胞がそれを記憶しているはずですわ。だから、女性ホルモンを投与したら、オッパイが最初に反応するはずです。愉しみですね」

聡美は暴れる少年の尻に注射針を刺してじっくりと女性ホルモンを注入していく。

「あああああッ！」

絶望感に苛《さいな》まれた美少年は甲高い悲鳴をあげることしかできなかった。

4

「約束どおり女の子の気持ちよさを教えてあげますわ。クリペニスとアヌスとどちらを開発してほしいですか？」

聡美の隣にメイドの一人が電動バイブを持ってきた。

サイズこそやや細身だが形状は男性器を模しており、濃い紫色のシリコンの内部には球体が埋め込まれているようだった。スイッチを入れるとその球体が肉竿を螺旋状に回転し、そのたびに表面がボコボコと盛り上がって歪な運動を見せた。

輿水からの肛虐絶頂の記憶が蘇《よみがえ》ると、雅春の尻穴が窄まった。

「……」

「自分で選べないならアヌスにしますか？　旦那様がお尻の穴は絞めつけはよかったけど、まだまだ開発が必要だとおっしゃってましたし……貞操帯をしたままでも気持ちよくなれますでしょう？」

「嫌だ。お尻の穴は……気持ち悪くなるんだ」

「その言葉遣いをいつまで続けるつもりですか？　今度、男の子みたいな話し方をしたら、問答無用でお尻を犯しますよ」

目元を細めた聡美が鋭い口調で叱責した。

「……うぅ」

「さぁ、アヌスを開発して尻マ×コを作りましょうよ」

「い、嫌です……お尻を、い、いじめないでください」

美少年は屈服して女言葉を意識した。それだけで死にたくなるほど恥ずかしいのに、牝奴隷への調教はまだ始まったばかりなのだ。

「では、クリペニスの開発？」

「……」

「嫌なのですか？」

雅春は肉の疼きには抗えなかった。

「……く、クリペニスを弄《いじ》ってください」

羞恥で身体が火照って仕方ない。だが、ようやく男の器官が解放される期待感で胸が膨らんだ。

「クリペニスでしたら、こちらの品がオススメよ」

メイドの真弓がナイフケースのような木箱を開いた。

その中には細長い飴色のチューブが大小二十本ほど並んでいた。直径はピンきりだった。先の尖っていないストローのような形状がほとんどであったが、なかには植物の根のようにわずかにうねっているものや、棒の先端に直径一センチほどの球がついているもの、全体にボコボコと球がついているもの、表面をざらつかせたものなどバリエーションに富んでいた。

「……これは？」

「牝奴隷用のカテーテルですよ。聞いたことありませんか？」

雅春はそんな医療用品のことなど聞いたことがなかった。

しかし、その凶暴な形状から、よからぬ目的で使用されることは明白だった。

聡美が一番細いチューブを手に取り、少年の頬を撫でた。

「ひぃ……変なことはやめろ！」

「これがお嬢様のオシッコの穴に入るのですよ。とっても気持ちいいわよ」

「冗談じゃない。そんなのやめろ、やめてくれ」

雅春は力を振り絞って脚をばたつかせた。だが、聡美から逃れることはできない。

雅春はいったん椅子に座らされ、手足を縛られてしまった。パンティをずり降ろされ純金製の貞操帯が露《あらわ》になった。先端には粘液が絡みつき輝いていた。

「さて、最初のカテーテルはどれにしましょうか？」

木箱の中を見て聡美はいかにも楽しげに振る舞った。

「やめろ、やめろと言っているだろう！」

「そんな乱暴な言葉遣いだとこの太いのを入れますよ？　拡張が不十分だからとって

も痛いですよ」

それはチューブに螺旋状の溝が作られたカテーテルだった。太さは直径一センチほどありそうな代物だ。

「ひゃあ、そんなの絶対に無理だ！」

雅春は目にしただけで身体を震わせた。

「あらあら、そんな口の利き方してると本当に入れますよ……シリンジにゼリーを用意して」

メイドが十ccの注射器にキシロカインゼリーを注入した。先端に注射針のない注射器が貞操帯の先端に近づけられた。

「そんなのやめろ！」

美少年は暴れたが、椅子はビクともしなかった。メイドが貞操帯を掴んだ。リングが陰嚢をがっしり固定しているため動きを封じられてしまう。少年に残された手段はペニスを貞操帯のなかに隠すことだった。だが、自由自在に肉棒を小さくすることなどそう簡単にはできない。

鈴口に注射器が押しつけられ、ヌチュと先端に入ってきた。するとすさまじい寒気が全身を貫いた。

「さぁ、入れてあげてください」

「かしこまりました」

メイドがゆっくりとシリンジを押していくと、尿道にゼリーが逆流してきた。それだけで内部が熱く燃えるような感覚が沸き起こり、さらにたとえようのない不快感に襲われた。

「んひぃ……あぁ」

「さぁ、お嬢様、最後の質問ですよ。こっちの太いのと、この女子用カテーテルとどっちがいいかしら？」

聡美はいつの間にか細いスタンダードなカテーテルを手にしていた。当然のことながらどちらも避けたかったが、調教師が中断することなどありえなかった。

「どっちも嫌だ」

「まだ、女の子だという自覚がないのですね。残念ですが最初は痛い目に遭うしかないのかしら……女の子の初体験というものは苦痛がともなうものですし、それもいいのかもしれませんね」

聡美の自問自答は恐ろしかった。

「ああ……細いほうにしてください」

雅春は自ら懇願するのだった。

「はじめから素直にそう言えばいいのです」

聡美が細いカテーテルの先端を尿道口に押しつけたかと思うと、次の瞬間にはニュルニュルと異物が潜り込んでくる。

「んぐぐッ！」

尿道の肉を強引にこじ開けられる感覚は想像を絶するものがある。女子用といっても、女のほうが男に比べて尿道が太いため、ワンサイズ大きなカテーテルということになる
聡美がカテーテルを出し入れさせると、少年は顎を突き上げて呻き声を出した。

「やめてぇ、やめてぇー！」

「そういう甲高い声が女の子らしいですわ。こうすると気持ちよくなりますよ」

カテーテルに捻りを加えて、さらに責め嬲ってくる。

敏感な粘膜をゴム管で擦られ、排尿の快楽など霞むほどの強烈な快感だった。

思春期の少年にとっては自慰でさえ背徳感を覚えるというのに、尿道快楽はあまりにアブノーマルすぎて、すんなりと受け入れることはできなかった。しかも、ペニスはますます海綿体を膨らませて貞操帯を圧迫した。外側にではなく内側に膨張するた

め尿道を狭めることとなった。結果、カテーテルを強く咥え込むことになる。さらにピストン運動により快楽が倍加してしまうのだ。

「抜いて、抜いてくれぇ　あ、あひぃ！」

男言葉を使ったためにカテーテルを酷く捻られた。あまりの強烈な刺激に女言葉を使うしかなかった。

「ああ、許してください。オシッコの穴が壊れちゃう。あぁ、そんなに捻ったらだめぇ、あひぃ、あんんッ！」

「気持ちいいでしょう？　ずっと射精しているみたいじゃないですか？」

聡美が一定のペースで出し入れさせると、苦痛に快楽が入り交じるようになってきた。やがて絶頂が迫ってきた。

「抜いて、抜いてください。イッちゃいます」

「んふふ、大丈夫です。イカないように身体ができてますから」

「あんん、んひぃ……あうううんッ！　イクッ、イク、イクゥーーッ」

美少年の太腿がプルプルと痙攣を始めた。しかし、それが何分経っても終わらないのだ。

「ほーら、ずっと絶頂しているみたいでしょう」

「あひぃ、あひゃあ、やめてぇ、本当に壊れちゃう！　イクッ！」

貞操帯の中で美少年のペニスは絶頂の快楽に悶え泣きつづけた。ようやく解放されたのはそれからしばらくしてからだった。カテーテルが引き抜かれると、先走り液ともキシロカインゼリーともつかぬ液体が滔々と垂れ落ちた。

「気持ちよかったでしょう。次はアヌスですね」

全身汗まみれの雅春は弱々しく哀願した。

「お尻は許してぇ」

聡美は少年の股間を覗き込んで陰嚢を撫でた。睾丸が上下運動しようと忙《せわ》しなく動いていたが、根元をリングで拘束されているために体内に戻れず苦しそうにしていた。

「ああ、あひぃ……やめてぇ……あ、ああん」

「金玉よりアヌスのほうが気持ちいいでしょう。私としては金玉責めでもいいのですよ。どこまで力を入れたら潰れると思いますか？」

聡美はそう言って睾丸を握りしめて脅してきた。雅春はようやく禁断の言葉を口にする。

「……うぅ、アヌスをいじめてください」

「わかりましたわ」

聡美はゴム手袋をすると、潤滑液をたっぷりとまぶした二本指を菊蕾にねじ込んだ。

「んひぃ、お尻はいやぁ！」

容赦なく指を直腸に潜り込ませていく。

「どこにあるかしらね？」

「な、何が？　あ、あひぃ……」

何かを探るように、指が直腸の襞を一枚一枚捲るように動いていく。そして、指先が媚肉の奥に隠されたシコリのようなものに触れた瞬間、美少年はいっそう甲高い声をあげた。

「んひゃあッ！」

「ありましたわ。ここですね。んふふ、平均サイズの前立腺でございますね」

前立腺を探し当てた聡美は執拗にそれをこねくり回した。そのたびに、尿道口から粘液が糸を引きながら垂れていく。

「んひぃ……お尻から指を抜いて、あ、あ、あひゃん！」

問答無用で性感帯をほじくり出されるような刺激に無垢な少年はあっさりと屈服した。

会陰の奥から稲妻のような電気刺激が脳天へと駆け上った。

ようやく絶頂に達したのだと雅春は思った。

ペニスはぴくぴくと痙攣している。

わずかに貞操帯が上下に動いたものの、射精は起きなかった。夥《おびただ》しい先走り液が溢れ出るだけだった。

「ど、どうして……？」

「ドライオーガズムという生理現象です」

「……ドライオーガズム？」

「前立腺を刺激されると射精なしでそれ以上の快楽が得られるのですよ。こうやって擦っている間、何度でもね」

聡美は指で前立腺責めを再開した。指で挟んでみたり押し潰したりなどした。絶頂の余韻に浸る間も与えられず、再び絶頂が迫ってきた。

「んひゃーー！」

「気持ちいいでしょう？　お嬢様はこの牝イキでたっぷりと気持ちよくなりましょうね」

「いやいやぁ、お願いです。もうやめてぇ、身体が壊れちゃう」

「若い子がそんな弱音を吐かないの。ほら、今度はオシッコの穴からも同時に前立腺を責めてあげますわ。先端に球がついたカテーテルを入れてね」

「最初だから、細いやつがいいですね」

メイドが先端にゴム玉がついたカテーテルを持ってきたかと思うとすぐさま尿道に押し込んできた。

「んぎゃあああッ！」

先ほどのカテーテルよりも先端の膨らみで抉られる感覚があった。

前立腺を尿道と肛門から同時に責め立てられた。

ニュルニュルとカテーテルの先端が前立腺を行き来する。

「んひゃひゃあああッ！」

足の指が内側に折れ曲がり、身体が弓反りになる。

「身体に力を入れたら痛くなりますよ」

「んひぃ、抜いてぇ、抜いてください。あひぃ」

雅春の絶叫は執務室に反響した。しかし、調教師と真弓は尿道と肛門から前立腺を挟み込んで責めつづけた。

前立腺だけでなく、アナルへの同時攻撃で脳髄がとろけてしまう。

「ああ、オシッコが出ちゃう！　出ちゃいますぅ！」

「栓をしてるから出ないよ。ほーら、こうすると気持ちいい？」

メイドは血走った目を見開き、美少年の尿道を激しく虐め抜いた。

「あひぃぃ、んひゃあぁ！　抜いて、抜いて、イクゥ!!」

雅春は絶頂を訴えてもカテーテルが抜かれることはなかった。確かに射精感覚はあるのに精液は出てこない。

「お嬢様、そんなに尿道を締めたら、ますます擦れてしまうわ。ほら、どう？」

素早くカテーテルを出し入れされると尿道が灼けそうになる。

「あああ、いやぁ、やめてぇ、止まらないッ！　イク、イク、イクゥ!!」

美少年は射精時の痺れるような恍惚感に打ち震えた。まるで身体が浮遊するようだった。しかもその感覚がいつまでも続くのだ。恍惚感は次第に恐怖へと変わった。

「いやーッ、何で、何で終わらないの。やだぁ、怖いわ。あひぃーーッ！」

「これが牝イキってやつよ。すごいでしょう？」

「こ、怖いわ。いひゃあぁーッ、お願いです。もうやめてぇ、あああ、あひゃん！」

断続的な射精感が永遠に思えるほど続いた。

このままではさすがの雅春の精神も崩壊してしまう。

輿水に仕える者たちも望むところではなかった。

「さて、そろそろ終わりにしましょうか？」

「え？　もうですか、もっと愉しみたかったんですが……」

聡美の提案にメイドは不満そうにして、カテーテルを動かしつづけた。

「みんな少年奴隷が初めてだからといって猫かわいがりをしたらダメですよ」

口調こそ優しかったが、聡美の目が笑っていないことに気づき、メイドはすぐさま謝罪してカテーテルを引き抜いた。

その瞬間、栓が外れたように聖水が溢れ出てきた。

「お嬢様、誰がお漏らしをしてもいいって言いましたか？」

「お許しください。止まらないの……あぁ、ごめんなさい」

雅春はオロオロした。先ほどまで少年だと微塵も疑っていなかったのが嘘のように今は急速に女の子になってしまった。

調教内容に満足していたが、調教師としては甘い顔はできなかった。

「寿々花お嬢様、これから牝イキを極めていきましょうね」

「あぁッ、いやぁ……」

雅春はしくしく泣いた。寿々花という人格が優勢になっていく予感があった。ただ、いまだ続く勃起痛だけが最後の男の証明であると訴えていたが、それもまた風前の灯《ともしび》であることは雅春自身が自覚していたのである。

5

七月に入り本格的な女子調教が開始された。

特に前立腺責めは執拗に行われ、雅春は数えきれないほどの牝イキを体験した。さらに女性ホルモンも投与され、女体化が着実に進んでいた。

わずか一週間あまりで、バストは七十八センチのBカップにまで戻った。

胸の膨らみは男と相反するものであるが、気がつけば自然と乳房に手がいってしまい、乳首をコロコロとこね回しているのだった。

貞操帯をしてからすでに二週間も経過していた。どれだけ牝イキの快楽を味わっても射精はいまだ許されていなかった。肉棒に触れたいという感情は日に日に高まるばかりだった。

雅春はセーラー服を着て執務室に入った。

いつもなら化粧をして肩に触れるほど長く伸びた黒髪を左右に三つ編みにしていた。

最近はめっきりとメイクも髪のスタイリングの技術も上達していた。しかし、今日は化粧しないよう言われていた。何か嫌な予感がした。

「……寿々花でございます」

スカートを摘まんで西洋風の挨拶をした。

「今日はいいニュースがありますよ」

「……ご主人様が戻ってこられるのでしょうか？」

少年は屈辱と羞恥の入り混じった複雑な表情をしたが、それ以外に甘い期待を抱いていることは隠せなかった。

「いいえ」

「……いつ戻ってこられるのですか？」

「政党間の根回しがなかなか難儀しているようです」

「そうですか……」

悲しいことに雅春は嗜虐者の帰りを待ちわびるようになっていた。

「旦那様が戻ったら何をお願いするつもりでしたか？」

「……」

美少年は唇を嚙みしめた。

「一つだけなら旦那様に伝えてあげますよ。可愛い新米愛奴がおねだりしたら叶えてくれるかもしれないですからね」

「うぅ……」

一番の願いは貞操帯を外してもらいたいということだった。

しかし、それは叶わない夢だった。輿水が貞操帯を外すために戻ってくることは考えられなかった。もちろん、白鷗学園に女子として通いたくないと言っても無駄である。

認めたくないが雅春は寿々花として中等部に通うという運命からは逃れられないのだ。最近では学校の授業に遅れないように午後から家庭教師がやってきたが、それが学園の理事長や校長なのだ。

男であることを晒すよう強要されることはないが、正体は聡美によってバラされている。彼らは好色な目でセーラー服の胸元をちらちら見てきた。その屈辱は並大抵のものではなかった。

望みはただ一つ、射精――それだけだった。

グロスを塗った唇がゆっくりと開いた。

「寿々花はご主人様に……早くお尻の穴を……オマ×コしてもらいたいです」

「あら、白鷗学園に転校したくないって頼まないんですか？」

「……どんなにお願いしたって……通わせるつもりのくせに……」

口を尖らせた感じが、いかにも拗ねた女の子ようだった。

「うふふ、いいニュースというのは、今日から学校に戻ってもいいってことですよ」

「嫌ぁ！」

「ちゃんと学校に通えるようになったら旦那様が飛んで戻ってきますよ。学校には玲央奈お嬢様や里桜もいますからね」

美少年はあとずさった。だが、たちまちメイドが侵入してきて取り押さえられてしまった。そしてそのまま車に乗せられた。

「お願いです。お化粧をさせてください……このままだったらばれちゃいます」

「中学生がお化粧をするなんて早いです」

雅春の訴えは却下され車は学校へと向かい、一時間目が終わる直前に到着した。

「……あああ」

スカートから覗いた膝がガクガクと震え出した。ついに女子として学校に戻ってきたのだ。

校長室で理事長と校長の前で、再転入の書類に聡美が記入したあと、職員室に連れていかれた。次の授業は例の国語教師の遠藤だった。中年女はセーラー服を着た雅春を値踏みするように全身を舐め回すように見た。

艶やかな黒髪は綺麗に三つ編みにされてセーラー服の肩口から数センチ上にあった。身じろぎするたびに春風にそよぐ花のように揺れた。細い首から前当てまで白い肌が輝いていた。遠藤は以前の寿々花を思い出した。口応えこそしないが睨むような視線で授業を受けていたものだった。教師も人の子だから生徒にランクをつける。そのなかで、寿々花の評価は高くはなかった。教師にとって可愛い生徒ではなかったからだ。反対に雅春は高評価だった。

彼がいなくなって本当に残念だった。

改めて寿々花を睨《ね》めつけた。少女は視線が合うだけで緊張していた。半袖から覗く若枝のような腕や脚は滑稽なほど震えていた。女のなかに嗜虐心が沸き起こってきた。

「雅春くんはいっしょじゃないの？」

「ッ!?」

遠藤の質問に当の本人はビクッとした。理事長や校長は正体を知っている。しかし、教師はどうなのだろう。あたりを見渡すと、興味深そうにしている教師たちの視線を感じた。なかには明らかに性的な視線を送ってくる者もいた。これは男子だったときにはわからなかったことだ。

「……」

雅春は首を振ると、遠藤が勝手に解釈してくれた。

「そう、いっしょじゃないのね。残念だわ。彼、女の子のように可愛かったから」

「先生もそう思われますか？」

保護者代理の聡美が話を受けた。

「ええ、授業態度も真面目でしたし、東京育ちの洗練されたお坊ちゃんは洲崎市にはいないタイプでしたね。なにより、そんじょそこらの女子よりも綺麗でしたし」

「そうですよね。私も旦那様に男の子にも行儀作法を教えたらと勧めたんですが……」

「江戸時代までは衆道《しゅどう》も殿方の嗜《たしな》みだったくらいですからね。やはり女の子の見た目に騙されてしまうんでしょうか。こちらの寿々花さんなんて以前は生意気でしたから」

遠藤の言葉は、輿水家に囲われている少女たちが閨《ねや》をともにしていることを知っていると暗に示していた。だが、そのことに触れることはタブーになるほど、輿水は洲崎市において歴然たる権力を持っているのだ。

「言葉遣いを教え込むのにも苦労しました」

「ええ、ひと目で大人が怖いものだと身体で覚えたことがわかりますわ。さすがは輿水家の行儀作法は天下一品ですわ」

遠藤が大声で褒めたため、会話は職員室中に丸聞こえだった。

聡美はそれを意識して話を続ける。

「最近は体罰に対する風当たりも厳しいですが、うちの里桜と寿々花が粗相をした場合は、遠慮なくみんなの前で体罰を与えてやってくださいませ。と言いましても、なにぶん女の子なのでスカートの上からお尻を叩く程度でよろしくお願いいたしますわ」

教師たちは笑顔でそれに同意していた。

「そういう教育方針なら、従うしかありませんね」

雅春は遠藤に連れられて教室に行った。

「私が呼んだら入ってくるのよ」

寿々花だと勘違いしている遠藤は嘲笑しながら先に教室のなかに入っていった。

わずか一分が非常に長く感じられ、緊張で心臓が破裂しそうだった。

廊下は静まりかえっている。グラウンドでは高等部の女子がブルマ姿でバレーボールをしていた。蟬の声も遠くから聞こえてくる。

一刻も早くここから逃げたい。

今なら誰も追ってこないのではないか……。

背筋を冷や汗が伝った。項垂《うなだ》れると双つの膨らみが目に入った。

このまま屋敷にいたら本当に女の子にされてしまう……

警察に逃げ込めば輿水は逮捕されることだろう。しかし、相手は政財界にも多くのコネクションを持つ男だ。

寿々花は自分の身体を抱きしめた。

セーラー服からは妹の匂いはすでに消えている。洗剤の甘く優しい香りの下から、里桜の聖水の香りがほのかに漂っていた。

(それに妹はどうなるんだ……)

きっと妹は人身御供《ひとみごくう》にされてしまう。

「入っていいわよ」

遠藤が教室の扉を開いた。

美少年は観念して教室に入っていく。

「おおお、本当に寿々花だぜ」

「やだ、見てよ。セーラー服が黄ばんでる」

教室の異様などよめいた。

転校した美少女が戻ってきた。それだけで一大イベントだ。しかも、権力者のセックス奴隷に堕ちているとあればこれ以上のゴシップはないだろう。

雅春は足が前に出なかった。

「何をしているの？　早く来なさい」

遠藤が引き返してきたかと思うと、みんなが見ている前でお尻に平手打ちをした。

「うぅ……」

「さぁ、自己紹介なさい」

教壇の横に立たされ、美少年は教室を見渡した。

クラス中から好奇の視線が注がれる。雅春は男子の顔を直視できなかった。自分を虐めた奴、比較的友好的だった奴、無視した奴……彼らの精液を自分は嚥下《えんげ》しているのだ。その事実を意識すると顔が真っ赤になった。恥ずかしくてたまらないのに、とたんに貞操帯のなかで激痛が走った。

「どうしたの？　あんた一人のために授業を遅らせられないのよ。さっさと自己紹介なさい」

再びお尻を叩かれると、パンティにジワッと先走り液が拡がった。

「……わ、渡里寿々花です。里桜お姉様といっしょに輿水様のお屋敷で厄介になっております……不慣れですが、どうかよろしくお願いします」

登校中に聡美から教えられたセリフを口にした。

女の子の世界には確かに不慣れだが、クラスメイトたちは奴隷になりたてのことを言っていると受け取ったようだ。

座席は一番前の里桜の隣だった。里桜は驚きと諦めの表情を浮かべている。そして、

「ついにこの日が来たのね……」

と悲しく呟いた。

雅春は授業中、気が気でなく俯いたままだった。

休み時間になると、誰もいない図書室に逃げようと思ったが、すぐに女子たちに取り囲まれた。そして、玲央奈が現れた。

「二人ともトイレに行くわよ」

「里桜お姉様……」

「従うしかないわ」

里桜と雅春は女子たちと女子トイレに入っていった。

そこはピンク色のタイルと独特の甘い香りに包まれた空間だった。

「寿々花、あんたが使用していいトイレを教えてあげるわ。ついていらっしゃい」

玲央奈はそう言って奥に歩いていく。個室は和式便器が一つに、洋式便器が四つあった。和式便器に条件反射してペニスが反応した。

しかし、玲央奈が指示したのはいちばん奥にある掃除用具入れだった。

「里桜、出してあげなさい」

言われたとおり里桜はブリキ製のバケツを取り出した。

バケツの表面にはマジックで「女子用」と書かれていたが、「女子」に横線が引かれ、「牝豚」とわざわざ修正されていた。

「……」

雅春は後ろを振り返った。クラスの女子たちがわんさと集まっていた。

「さぁ、里桜。手本を見せてあげて」

「……はい」

里桜はバケツを床に置いた。

そしてスカートを高くたくし上げるとパンティを露出させた。陰部をギリギリ隠せるか隠せないか程度の面積が小さい代物だった。黒い光沢のある素材にピンク色のフリルで縁取《ふち》られている。そのパンティの船底を立ったままで横にずらした。

そこから童女のように閉じた割れ目が現れた。淫水灼けをしていない見事な乳白色で、小陰唇はまだ肥大化しておらず純粋な縦筋だった。それなのに、そこから陰核だけがお豆のようにひょっこり顔を出している。そして、そこは細い鎖と小さな南京錠で飾られていた。

女子たちは平然と里桜たちを眺めていた。それが日常茶飯事なのだろう。

雅春は自分の股間を手で押さえた。スカートとパンティの下、貞操帯のそのまた下に、女子にはあってはならない決定的な証拠を隠しているからだ。

玲央奈がふとお尻を撫でてきた。

「里桜が終わったら、次はあんたよ」

「ひぃ……」

「よく見てなさい」

玲央奈が里桜に向かって顎でしゃくると、奴隷は観念して下腹部に力を込めた。

するとたちまち聖水がバケツに落ちていく。

バラ、バラバラバラ、バラバラとけたたましい音が女子トイレに響いた。

やがて里桜は放尿を終えると、そのまま拭《ぬぐ》うことなくパンティを穿いた。

そのため、クロッチにジワッと染みが拡がった。黒い生地は濡れて輝き、割れ目に貼りついたので、南京錠を浮かび上がらせた。

信じがたい光景だった。この事情を妹は知っていたから別の階のトイレに行っていたのだ。女子トイレの話をしたときに目の色を変えて怒っていた理由がわかった。

「さぁ、次は寿々花の番よ」

玲央奈にお尻を抓られ、雅春は喉を鳴らした。

「ああ、玲央奈さま、お許しください……」

「言うことを聞かないと、あなたの正体をバラすわよ」

玲央奈は耳元で囁いた。

「ひぃ、それだけは……」

雅春が項垂れたのを確認すると、玲央奈は女王様っぷりを発揮した。

「みんな、寿々花は奴隷になったばかりだから、里桜のように丸見えサービスはしないわ」

玲央奈に背中を押された元少年はバケツに近づいた。バケツの底には里桜の黄金水が溜まっている。

「背中を向けて立ったままでするのよ」

「……」

「拒否したらみんなのほうを向いてさせるわよ」

玲央奈は里桜に指示して女子たちが横から覗き込まないようにさせた。雅春にとっては久しぶりの立ちションだったが、スカートを捲り上げ、パンティから貞操帯を出すだけで指が震えるのだった。

背後からは女子たちの視線が痛いほど突き刺さってきた。もし女子が覗いたら、とたんに股間の異常に気づくだろう。

「ああッ……出ないです」

美少年は焦れば焦るほど、尿道括約筋が締まってしまう。

「里桜と同じように前向きでする？」

「出しますから、それだけはご勘弁を！」

美少年は懸命に尿意を呼び起こそうと努力した。そのとき玲央奈の腰巾着の一人が質問した。

「ねえ、寿々花の土手には何ていう文字が書かれているの？」

里桜の股間にはMの字が浮かぶように永久脱毛されていることを知っているからこその発言である。

（体育の授業とかどうするんだろう……着替えだけでなく、ブルマでも膨らみでバレてしまう。ダンスの授業は、レオタードを着ないといけないのに……あぁ）

雅春は悲しい未来に想いを馳せると目に涙が滲んだ。それと同時にようやく尿意が高まってきた。

ヒクヒクと尿道括約筋が痙攣する。早く出さなければならないという奴隷としての宿命と、女子の前で公開排尿することに対する心の葛藤があったためだった。

「あぁあ……オシッコが出ます」

ブルッと身体を震わせると、バケツの底に聖水が落ちはじめた。

ピチャピチャと弾かれた聖水が、膝や太腿に跳ね返ったが、少年は見られているという羞恥に身体を火照らせるのも事実だった。

6

女子トイレでのイジメはそれで終わらなかった。

バケツに貯まった聖水を里桜がわざわざ男子トイレに捨てにいった。

一人になるとたんに心細くなった。

「いずれ寿々花にも男子トイレに捨てにいかせてあげるわよ」

玲央奈はそう言って嗤うと、クラスメイトを見渡し、一人の少女を指名した。

「一番手は美佳《みか》にするわ」

選ばれた少女はでっぷりと太り、ブルマを穿いた太腿にも毛が生えているような少女だった。なぜ、雅春がそれを知っているかといえば、フォークダンスのときいっしょだったからだ。彼女もまた玲央奈の腰巾着の一人だった。

「やったー！　ちょっと待ってて」

美佳はいったん洋式の個室に入り、少ししてからドアを開けた。

「どうぞ」

「行きなさい」

雅春は玲央奈に背中を押された。

「え？　も、もう出ません」

「馬鹿、違うわよ。ほら、入ればいいの」

仕方なくなかに入った。美佳が洋式便器にどっしり腰をかけ、股を開いていた。パンティが片足に絡んでいた。

「ほら、そこに跪《ひざまず》きなさい」

玲央奈に肩を押され、雅春はタイルに正座させられた。

美佳がスカートを持ち上げると、ムワッとする臭気が立ち昇った。

「美佳のを舐めて綺麗にするのよ」

「……え？」

「早く舐めなさい」

美佳に髪の毛を掴まれ、ぬかるんだ女性器に顔を押しつけられた。

「んんッ」

濡れそぼった恥毛の束が美少年の鼻にまとわりつく。アンモニア臭だけでなく、生臭いドブのような臭気が鼻をついた。玲央奈が後頭部を押しながら陰湿なことを口にした。

「美佳の割れ目をきれいに拭き取るのよ。舌で舐め取るだけじゃダメ。ちゃんと気持ちよくさせないと。それが便所女の仕事なんだからね」

「んん、あんん」

元少年は顔を左右に振って逃れようとしたが、太腿で頭を押さえられてしまった。

「休憩時間が終わるまで満足させられなかったら、いろんな罰があるからね」

「さぁ、早く舐めてよ」

美佳が高慢な態度で命令した。

雅春は観念して少女のぬめぬめした粘膜を舐めはじめた。

「もっと気合いを入れて舐めないと私はイカないわよ」

クリトリスの厚手の包皮を舌で捲り上げると、恥垢の味がしたが、大粒の陰核を必死に舐め、唇で甘噛みして愛撫した。するとそこはプクッと充血して硬く突起してきた。彼女も腰を押しつけてくる。

七月の蒸し暑いなか、窓も閉じられた密室でますます湿度が高くなる。

「んッ、んちゅッ」

「顔を上げて舐めなさいよ。いつも澄ました顔をしていたあんたが、どんな情けない顔で舐めているか見てあげるわ」

美佳に三つ編みを引っ張られた少年はゆっくり顔を上げた。視線が合うと、とたんに目が泳いでしまう。それは正体がバレるのではないかという不安よりも、女子への奉仕もする運命を悟ったからだった。

しかし、勝ち誇った顔をしている美佳の割れ目に舌を思いきり這わせなければ満足してくれないのだ。

「ああ、そうよ、穴にもちゃんと舌を入れて、ああ、そうよ。なかなかいいわ」

美佳は気分を出して、いっそう粘液を溢れさせた。

「私のは美味しい？」

「……美佳さんのお汁は美味しいですぅ」

チーズのような生臭さを感じながらも舌で舐め取っていく。

しかし、その努力を嘲笑うかのようにチャイムが鳴って、一人目のチャレンジは失敗に終わった。

それから休憩時間になるたびに女子トイレに連れていかれた。

同様に排泄後の割れ目を舐めさせられたのだ。

以前親しかった亜衣《あい》や寿々花と仲がよかった陽子《ようこ》は、積極的に恥部への奉仕を求めてきた。また、取っ替え引っ替え男子と付き合っている汐里《しおり》は、わざわざ授業をサボって男子に中出ししてもらってきた。

また、昼休憩も奉仕は続行された。男子には見えない女子の闇があったのだ。今さらながら雅春は気づかされた。

隣の個室からは里桜が股間を舐める湿った音が響いていた。雅春の目の前には他校ならマドンナ的存在になれそうな杏奈《あんな》がいた。

「むちゅ、あむぅ……くちゅ」

クリ包皮と陰核の間に尖らせた舌を這わせると意地悪く尋ねられた。

「ねぇ、父親よりも歳の離れた男に犯されるってどんな気持ちなの？」

「んんッ……」

美少年は眉根を寄せたが、監視している玲央奈がセーラー服を捲り上げ、ブラジャーを裏返しにした。お椀型の見事な乳房が露出した。

そして乳首を挟んでは捻り、引っ張ったりを繰り返した。質問にきちんと答えろと言っているのだ。

「……うぅ、とても気持ちいいです」

「へぇ、じゃあ、あんたはどんな格好でセックスしているの？」

「うぅ……牝犬スタイルで……後ろからです」

玲央奈がそれを実演するように命じてきた。

雅春はピンク色のタイルに両手と膝をついて四つん這いになった。お尻が個室の入り口から飛び出し、それを玲央奈が誰にも触れさせないようにスカート越しに尻をなではじめた。スカートの裾が太腿からずり上がっていく。

「ひぃ、玲央奈さまぁ」

「みんなにはまだ寿々花のお尻は見せないわ。でも、なかなか立派な形でしょう？

後ろにポンッと突き出る真ん丸のお尻」

女子トイレは笑いに包まれた。

「寿々花はアナルセックスはしたの？」

「んんんんッ！」

「答えなさい！」

玲央奈が無理やり股間から顔を引き離した。

「は、はい……」

その告白に背後から侮蔑の嗤いが起きた。

（うぅ、そんなに嗤わないで……杏奈さんだって処女じゃないじゃない。いいえ、美佳さん以外みんなセックスしているのを私は知っている）

膣に舌を入れると杏奈の処女膜が破れていることがわかった。思春期にある男子としては、もちろん異性の身体には興味があった。小陰唇の発達具合や大陰唇の膨らみ、陰毛の濃さ、それに恥臭。どれも千差万別だった。しかし、そのことをこうして知ることは屈辱以外の何物でもなかった。

（ああ、クリペニス……いや、オチ×チンが痛い。ああ、誰でもいいからオチ×チンを入れさせて）

その痛みから男としての欲望が沸き起こるのだが、杏奈の質問は少年の心に芽生えた女の部分を嬲るものだった。

「さすが奴隷ね。中学生でアナルセックスを体験するなんて本当の変態だわ。私たちは男子と付き合っても対等な立場よ。彼らがオチ×チンを舐めてほしいと言ってきても、断ることができるわ。でも、寿々花にそれができる？」

「……断れません」

「ねぇ、里桜にも聞いたことがあるんだけど、あんたたち奴隷ってセックスの前後に輿水様のアレを舐めて綺麗にするのよね？」

その質問に泣くなく頷くと、杏奈は唇の端を持ち上げた。

「じゃあ、自分のお尻に入ったものを舐めていることになるわね？」

周りの女子たちは汚い者を見るようにわざとらしく悲鳴をあげた。

「やだぁ、ウンチがついたオチ×チンを舐めるなんて」

「汚いわ。私、どんな好きな男子でも自分のお尻に入ったものなんて無理だわ」

女子たちは口々に罵《ののし》った。

意外にも助け舟を出したのは玲央奈だった。少年のアヌスを撫でながら言った。

「そんなに汚くないわよ。アナルセックスの前にどうするかみんなに教えてあげるといいわ」

玲央奈の魂胆はわかっていた。味方のふりをして、ますます泥沼に嵌まるのを見て悦ぶのだ。雅春に選択肢はなかった。

「……最初にお浣腸をしていただきます」

「それで綺麗になるの？」

「うぅ……お浣腸をしていただいたら、我慢してからウンチをします。あぁ、その姿も見てもらいながら、お尻の穴が綺麗になるまでお浣腸を繰り返します」

雅春は自分で言いながら、浣腸調教の悲惨さと羞恥が蘇ってくるのを感じた。

杏奈の濡れそぼった恥裂がヒクヒクと蠢きながら蜜を垂れ流していた。何もかも忘れて、そこに熱い肉槍をぶち込みたかった。

「ああ、いいわ。さっきよりも熱が入ってるぅ。あひぃ」

杏奈は細い脚をピクピクと痙攣させた。そして、甲高い声を出すと、膣穴に入っている舌を締めつけたあと、ドバッと鉄砲水のように蜜汁を噴出させた。

「杏奈、どうだった？」

「なかなかよかったわ。ねぇ、まだ時間あるでしょう？　こっちの穴を舐めさせてもいい？」

杏奈はそう言って自分の脚を抱きかかえた。すると排泄器官が晒された。おちょぼ口の飴色の菊蕾の周りには、縮れた無駄毛が密集していた。

「ええ、いいわよ」

玲央奈はスカート越しに美少年のアヌスを凌辱した。

「んひぃ……むちゅ」

雅春は女子の菊蕾に口づけをさせられた。

「ねぇ、里桜みたいにこっちの穴もトイレットペーパー代わりに使っていい？」

「まだダメ。それは二学期になってからよ」

女子たちから溜息が漏れた。思春期の少女たちにとって、夏休みは長い期間だった。

「寿々花に早くウンチを舐めとってもらいたいわ。私、下痢気味だからよろしくね」

雅春は想像以上に過酷な学園生活に涙した。

それを忘れるためには股間の痛みとアナル奉仕に集中するしかなかった。舌を尖らせ肛門括約筋をほぐしながら、菊の皺を一本一本引き延ばしていく。

「早く中も舐めてよ。便所女」

「ぬちゅ、んんッ」

雅春は舌をさらに直腸の奥に入れた。すると舌の先に苦みが走った。

「ああ、いいわ。ねぇ、玲央奈。こいつが感じているかみんなに見せられないの？」

「それはダメ」

「もう、里桜のときみたいに舐めながらパンティが濡れるのがいいのに……」

「うふふ、こっちも都合というものがあるのよ。我がままを言わないで」

「仕方ないわね。でも、ずるいわ。あなたは便所女のことを何でも知っているんでしょ？」

「それは特権だからね。仕方ない。特別にこの子の性器画像を見せてあげるわ」

そう言うと、玲央奈はスマホを女子たちにかざしてみせた。

とたんに黄色い声があがった。雅春は一気に蒼褪めた。ついに正体がバレてしまったのかと不安に襲われた。

「安心なさいよ。妹のパイパン性器よ」

それは妹が剃毛されたときの画像だった。それを見て、怒りが湧いてきた。ここにいたのは妹だったかもしれないのだ。いや、現にクラスメイトは自分を寿々花だと思っている。どのみち妹の名誉を傷つけられているのだ。

「この小学生みたいなオマ×コに興水様のオチ×チンをぶち込まれているのね？」

「……」

雅春は何も言えなかった。

その戸惑いを感じ取り、玲央奈が言葉を継いだ。

「この子ってね。うちに来る前に義理の父親に……」

「それは言わないで！」

雅春は急に大声をあげた。しかし、それにかまわず玲央奈は女子トイレ中に響くような声で暴露した。

「なんと寿々花は中二のときから、パパに犯されていたの」

「あああああ」

最大の秘密を暴露された。

そのとたん、あちらこちらから嘲笑が聞こえてきた。

「やだ、あんた。何も知りませんって顔をしてて、実は父親に犯されてたの？」

杏奈が陽気にはしゃいだ。

「そうなのよ。処女だと思って手に入れたら、傷物じゃない？　それで追及したら父親に毎日犯されていたと告白したの」

玲央奈が意気揚々とまくしたてた。

「まぁ、それは詐欺じゃない」

「仕方ないから処女膜再生手術をして、今はアナルセックス専用奴隷として飼っているのよ。そうよね。寿々花？」

有無を言わせぬ質問だった。

「……」

「違うの？　じゃあ、みんなに見せてみる？」

「いえ……そのとおりです。寿々花は……アナルセックス専用の奴隷です。ご主人様にお尻の穴を弄っていただきたくてたまりません……あぁ」

妹を貶《おとし》める言葉に美少年は身震いした。

（違うわ。妹を貶めているんじゃない。アナルセックス専用奴隷は私のこと。私は寿々花になるしかないんだわ）

そして寿々花として生きていくしかないことをようやく悟ったのだった。

実は父親に犯されていたのも自分で、妹は綺麗な身体のままどこかで平穏に暮らしているのだ。それが真実のように思えてきた。その一方で、雅春の閉じ込められた陰部は必死で抵抗を続け、こんな状況でも射精欲を訴えつづけていた。それが我ながら憐れで疎ましくさえあった。

「ほら、便器女。ちゃんと舐めなさいよ」

「は、はい」

雅春は女子の陰湿さをまざまざと教え込まれた。

杏奈を満足させたあと、口をゆすぎたかったが洗面台の使用を禁止された。

午後の授業を受けながら、妹がいた青春時代は永遠に戻ってこないことを確信した。

学校が終わって屋敷に戻ると輿水がいた。

彼を見た瞬間、泣き崩れた。

「ああ、ご主人様、寿々花のお尻マ×コをめちゃくちゃに犯してください」

その晩、美少年は奇《く》しくも杏奈に口にしたのと同じ状況で犯されたのだった。

第五章　禁断の女体化改造

1

　ようやく学校は夏休みに入った。

　学校生活は屈辱の連続だった。クラスの女子が一巡するまで毎回トイレに連れ込まれた。その後は、日に二回ほどに減ったが、授業中にも胃からこみ上げる臭いに辟易《へきえき》させられた。

　二度と立ち直れないほどの絶望感に苛《さいな》まれた。男子ときたら常に性的な視線を送ってくる。セーラー服の下に何も着ていなかったので、ブラジャーの刺繍《ししゅう》や絵柄まで浮かんでしまう。絶頂に導けなかったのが五回になったということで、ブラジャーの頂点を鋏《はさみ》でくり抜かれ、初々《ういうい》しい乳輪と乳首を丸出しにされて過ごすハメになった。

スカートはベルトで三回ほど折られたため、スカートから生足は覗いていた。後ろを隠さぬよう厳命されていたので、階段では盗撮をされまくった。

後日、その写真を玲央奈に見せられたが、木綿のパンティが尻に食い込み尻朶がプリッとはみ出ているがわかった。しかも、目を凝らすと陰嚢の膨らみがわずかに見えているが、偶然にも尻の谷間に隠れるという絶妙な構図だった。

男子たちが好色な目で見てくるのは仕方がないだろう。

しかし、屋敷にはあのクラスメイトなど可愛く思えるほどの凌辱者がいる。

「夏休み明けには、みんなが驚くほど女っぽくしてやろう」

「これ以上、女の子っぽくしないでください」

「そうか、それなら、男の部分を感じさせてやる」

輿水が箱から妖しげな性具を取り出した。グリップ部分から細長い棒が十五センチほど伸びていた。さらに棒には等間隔で疣《いぼ》のようなものが並んでいた。

屋敷ではそれを尿道バイブと呼ぶらしい。

「あひぃ、ご主人様。それは許してぇ……それは嫌」

首輪を嵌められた美少年は白いコルセットに、白いガーターベルト、白い太腿までのストッキングを穿いていた。乳房も丸出しで、股間に黄金色の貞操帯が輝いている。髪には白い薔薇の髪留めがあった。

食堂の机に寝かされていた。ベールがまるでシーツのように広がり、少年は自分の足首を握りしめていた。性具を見せられ頭だけを激しく揺らした。

「おまえが女子として成長するために、男子と話をしろと言っていたよな?」

「は、はい……」

輿水からは確かにそう言われていた。

玲央奈が相手を選び、人目がつかないところで会話するよう促された。しかし、話の内容を聞こうにも、はにかむだけで要領を得なかった。

仕方なく盗聴器で探ると、ほとんど会話をしていないことがわかった。

「思春期の男をムラムラさせられんとは何事だ?」

潤滑液をたっぷりと塗りたくられた尿道バイブの先端が鈴口に近づいてきた。

「みんな私を気遣って側に寄り添ってくれたんです」

集団だと卑しい視線を送ってくる男子も、美少女の寿々花と二人になると黙りこんだ。

(男子に意識されるなんて変な気持ち……でも、私はどんどん女の子になってきてい

るような気がする……本当にこのままだと夏休みの間に……ああ、そんなの嫌だよ）

心では常に男と女がせめぎ合っていた。最近では女の部分が勝つことが増えてきている。特に調教されている際には、自分は寿々花だと自覚するときがあった。防衛本能が創り上げた幻想なのかもしれないが、愛する妹に生まれ変わりつつあるのが自覚された。

女ではないが、女になるために努力している。偽物だけが持つ本物になろうとする意志が輿水の琴線に触れるのだ。その結果、週に五回は寿々花が夜伽《よとぎ》をすることになった。里桜には以前のような情欲をぶつけられなくなったようだった。

「そら、入れるぞ」

「お願いですから……それは許してぇ……」

シリコンの先で尿道口を小突くと、ひぃひぃと身体を弓ぞりにしながら怯えた声を出す。しかし、美少年は桜貝のような爪を足首に食い込ませるほど強く握りしめたまま、言われたことを守ろうとするのだ。

「花嫁衣装が似合っているぞ？」

「あぁッ」

「いつか、狒々親父のもとに奴隷妻として嫁ぐことになるからな」

「何で私が……ああ、どうしてなの？」

輿水は哄笑をあげた。

亡き母が義父のような男と再婚しなければ、少年は好青年に成長し、その後、温かい家庭を築くこともあったかもしれない。だが、そんな未来は一生来ないのだ。そのことを少年は痛感した。ウエディングドレスを着せられなかったのは、奴隷の花嫁であることを自覚させるためだった。

輿水はそんな少年の男性器を尿道バイブで犯すことが愉快きわまりないようだった。

少年の意思に反して尿道口は拡張されつづけ簡単に口を開くようになっていた。ズボズボと疣のついた棒が呑み込まれていくたびに、大粒の涙を流す姿は可憐な美少女にしか見えなかった。

「入ってくるぅ、ああッ、あひぃーッ！」

尿道バイブを押し込んでから、引っ張るとわずかに抵抗感が増した。鈴口に捲れ返ったピンク色の粘膜が、再び凹んで疣を埋めていく。

「どうだ？　射精感覚が味わえるだろう？」

「あ、あひぃ……おっしゃるとおりです」

美少年は乳房にじんわりと汗を浮かべた。女性ホルモンの影響か、スキンケアで塗り込まれる化粧水の影響か、はたまたミルク風呂の影響かわからないが、火照った身体から漂う汗は果実のような乙女特有の甘い香りになっていた。

だからこそ貞操帯の蒸れて饐《す》えた臭いは異質で、フェロモンの役割を果たしていた。

「すっかり尿道でも感じられる愛奴になったな」

「あああ……こんなの嫌」

「日本中にヤリチン、ヤリマンの中学生はたくさんいるだろうが、お前のように尻マ×コでよがり、尿道責めをされて感じる変態中学生はそうそういないだろう」

寿々花は紅色に染まった頬に涙を流した。

乳首は尖って隆起している。もし、ここを摘まれたら快楽が倍加するだろう。また、アヌスは何度も蹂躙された証拠に内側からぷっくりと膨らんでいる。薄桃色の小花に刻まれた皺が物ほしそうに蠢いていた。

尿道を抉るシリコン棒が前立腺を刺激していく。常に絶頂に達しているような快楽が続いた。だが、肉棒を思いきりしごいて射精したいという願望は消え去らなかった。

「さぁ、大好きな尿道バイブでもっと気持ちよくなろうな」

「いやいやぁ……寿々花のクリペニスが壊れちゃいます。ど、どうか、お尻マ×コを犯してください」

「ダメだ。男を誘惑できんような寿々花はセックス禁止だ。当分の間は前立腺の牝イキで我慢するんだな」

「ああ、そんなぁ……クリペニスが苦しいのです……お願いです。寿々花を犯してください」

「よしよし、尿道をたっぷりと犯してやるから安心しろ」

輿水はバイブにスイッチを入れた。ブーンという羽音とともに、尿道に差し込まれたシリコン棒が粘膜を擦り上げた。

「んはあぁ……いやぁ、んひぃ、イク、イクゥーーッ！　ああ、やだやだぁ」

姿勢を崩さぬ愛奴を輿水は満足げに眺めた。

自分の股間でもペニスが勃起し痛いほどになっていた。奴隷メイドに尿道バイブを渡すと、自分は自ら肉棒を取り出し、可憐な少年の前にかざした。

「ご主人様、ご奉仕をさせてくださいませ。あ、あひぃぃ」

唇を近づけてくるのを、輿水はペニスで頬をビンタした。寿々花は悲しげに泣いた。

それを見るたびに輿水はこのうえない優越感を味わった。

「これを舐めたいか？」

「ご主人様の美味しいペニスを舐めたいです。どうか、愛奴の寿々花に奉仕をさせてくださいませ」

「よし、たっぷり舐めるんだ」

輿水は肉棒を咥えさせた。すぐさま舌が絡みついてきた。

昂奮した熱い吐息を恥丘に受けながら、美少年の乳首を褒美と言わんばかりに摘み潰してやった。

「んひゃあああ！」

2

輿水が宣言したとおり、八月に入るまでアナルセックスは禁止された。

また、男子を誘惑しなかった罰として、新たな貞操帯を着用させられた。新しいのはさらに窮屈になっており、勃起しても奥行きが七センチ止まりだった。内部にはシリコン製の疣のついたカテーテルがあり、尿道を通り前立腺でとどまるようになっていた。

寿々花の血涙を絞るために新しいカテーテルは悪辣な仕組みになっていた。末端にある金属部分にローターなどを引っかけると、前立腺が刺激されつづけることになり、苛烈な牝イキを味わうことになる。

激しい快楽にぐったりした美少年は抵抗する術《すべ》もなく粗相をしてしまう。

貞操帯にはもう一つ悪魔の細工が施されている。亀頭部分がリモコン操作で締めつけられるようになっているのだ。

「ああ、痛い、痛いです！　ご主人様、早くオシッコをさせてください」

「もっと脚を上げるんだ！」

寿々花は牝犬歩行を教えられている最中、亀頭が万力で押し潰されるような圧迫感を覚えた。

ふと見ると股倉の下には赤いランドセルが置かれていた。ピカピカと光っているが、数カ月使用したような小さな傷もところどころにある。

小学生メイドの優衣たちがニヤニヤしているところを見ると、彼女たちのものではなさそうだ。

「あひぃ……潰れる、あぁ、ああ、クリペニスの先が潰れちゃう！」

すでに尿はカテーテルの中まで来ているが、亀頭部分が外部から押し潰されている。

そのため尿道口はきつく閉じられていた。

「ランドセルに小便をひっかけたいのか？」

「……うぅ」

寿々花は首を振った。

輿水はまた悪巧みをしているのだ。

「……これは誰のですか？」

恐るおそる質問をした。

「里桜の妹、春菜《はるな》のものだ。寿々花もそろそろ妹がほしいんじゃないのか？」

「里桜お姉様の妹!?」

「そろそろ食べ頃になったからな。中学一年生の春菜を小五か小六にしようと思ってな」

「そんな酷いッ！　お姉様はご存じですの？」

一瞬苦痛を忘れて寿々花が訊いた。

「ああ、知っておる。だが、やつも父親を恨んでるようだな。一度ならずも二度もスキャンダルを起こし、娘を二人も差し出すんだからな」

「姉妹で奴隷なんて、あんまりだわ……」

もし自分が妹といっしょに奴隷に堕ちていたらと思うと息が止まりそうになる。肉親が虐待される姿を見たくはなかった。妹にしてみれば、兄が女になる姿を見ることはもっとつらいはずだ。

それは里桜とて同じ気持ちのはずだった。

「ご主人様、妹さんのランドセルにオシッコなんてできません……あ、あひぃ」

またも亀頭が締めつけられた。

「おまえがやらないなら里桜にさせるぞ」

「それはあまりの仕打ちです」

「損な役回りは妹思いの姉の仕事ではないのか？」

輿水はいかにも物わかりのいい人間を演じるが、その実、奴隷の生殺与奪《せいさつよだつ》の権力を握っているのだ。寿々花などは手のひらで転がされているにすぎない。

「ああ、その役目……寿々花にお命じください」

「端《はな》からそう言えばいいものを」

チリッと首輪に痛みが走った。輿水がリモコンで操作したのだ。

それと同時に亀頭の絞めつけが緩み、排尿が始まった。

赤いランドセルに聖水が降り注いだ。

「あああ……」

吐息をこぼしながら、寿々花はカテーテルのせいで尿道快感が得られないことを不満に思っていた。それを自覚して絶望的な気分になった。

「ああ、私は……なんてあさましい女なの……」

3

「……雅春くん、起きて」

（……雅春？……私は寿々花よ……ああ、起きたら地獄だわ……このまま寝させて）

「雅春くん、お願いだから起きて」

「ッ！」

自分の本当の名前を連呼され、少年はようやく目を覚ました。

「……里桜お姉様？」

「しッ。ちょっと待っててね。鍵を外すから」

里桜が寿々花の四肢にある枷を外した。

「なぜ、鍵を持っているの？」

「玲央奈が油断している隙に、マスターキーを盗みとったの」

「！」

何をしようとしているのかすぐにわかった。一気に緊張感が高まる。

「逃げるわ。妹を助け出さないと」

「……でも」

「雅春くんにも助けてほしいの」

「でも……」

確かに屋敷に来たばかりのときは逃げることばかり考えていた。しかし、いざそのチャンスが来ると不安と恐怖が津波のように押し寄せてきた。里桜はそれを感じとったようだ。

「私は一人でも行くわ」

窓の外では空が白みはじめていた。

「……」

「もし、私が捕まっても、あなたが警察に駆け込んでくれたらと思ったの……」

「……」

「これだけは言わせて、私、あなたのことが好きだった……違うかたちであなたと出会いたかった」

こちらに背中を向けたままだが、彼女が泣いていることがわかった。

自分が雅春という名前であったことを思い出した。

「私も……いや、僕も」

自分も好きだったと言いたかったが、口から出た言葉はそれとは違った。

「僕も……行くよ」

すぐに服に着替えた。

部屋を出ると屋敷は静まりかえっていた。人の足音が聞こえただけで、心臓が止まりそうになる。

屋敷から出て、一気に走りたかったが、膝が笑ってしまった。里桜も緊張でうまく走れないらしく、二人は肩を抱き合った。やがて調理場の裏手にやってきた。

「どうやって逃げるの?」

「もう少ししたら来るから、待ってて」

すると車のエンジン音が聞こえてきた。軽トラックだった。それが調理場に横づけすると、運転手が食材を運び入れはじめた。

「もしかして……」

「そうよ、あれに乗って逃げるしかないの。全部下ろしたあとは、書類にサインする。そのとき立ち話をするの。でも、数分もないわ。チャンスは一瞬よ」

「里桜お姉様、計画していたのね」

「……そのあとが大事」

里桜がすべてを言い終える前に、最後の荷物が運び出されていった。二人は無我夢中でトラックの荷台に駆け込んだ。貞操帯を嵌《は》められたままの寿々花は脚を高く上げるだけで、ペニスが擦れて痛みが走った。尿道に挿入されたままのカテーテルが捩れて、おぞましい快楽が背中を突き抜ける。

それでも何とか段ボールの陰に隠れて身を寄せ合った。外の暑さが嘘のように二人は震えていた。

運転手は荷台の確認もしないまま、エンジンをかけて発車させた。

「これからどうするの？　警察に行くの？」

「ううん、洲崎市の警察に訴えても無駄なの。上層部や末端にも子飼いがいるから。だから、父の知り合いの政治家の元に行くわ」

「お父様の知り合い……」

里桜は無理やり笑みを浮かべて見せた。

「知り合いって言ってもいわゆる政敵よ。でも、清廉潔白な人で、自分の財産をなげうって市政に身を捧げている人なの。うちの父親や輿水とは正反対よ」

「……」

「雅春くんはこの人に会って」

名刺と財布を渡された。名刺には東京の記者の名前が記されており、財布には数万円が入っていた。

「記者？」

メディアにも輿水の手駒がいるはずだ。そのことは里桜も重々承知で、苦渋の表情を浮かべた。

「これは賭けなの……去年の話なんだけど……運動会のときに元在校生だという人が話しかけてきたの。そのとき、私は命令どおりみんなの前でお漏らししたわ。それを見ていたらしく、その人は保健室にそっと忍び込んできて、私に名刺をくれたわ。それでね……」

その記者も輿水の息がかかっていたが、さすがに嫌気が差してきたらしい。その日も里桜の失禁姿を記録するよう命じられていたが、意に反することはしたくないと言ったという。もしも何かあったときには、自分のところに逃げてくるよう名刺を渡したのだ。手帳には子どもの写真があった。

「……もしかしたらそれは芝居なのかもしれない。でも……」

里桜は言いよどんだ。

美少年は名刺をじっと見た。角が折れインクが薄くなっていた。里桜は何度も何度も名刺を見たのだろう。

「子どもを愛する人に悪い人はいないわ」

寿々花は里桜の手を力強く握った。

「でも、危険かもしれない」

「いいわ。だって、里桜お姉様がいなかったら、逃げ出すことさえできなかったもの」

「ありがとう」

二人は抱き合った。

「捕まりそうになったら何とかするよ」

寿々花こと雅春は無理やり微笑んだ。

「こんなことに巻き込んでごめんなさい」

二人はそっと口づけを交わした。

初めての純粋な接吻だった。

トラックが信号で止まったとき、そっと荷台から降りた。そしてタクシーを捕まえ、里桜と別れた。

雅春はあっけなく洲崎市から脱出した。緊張の糸が切れたためかすぐに眠ってしまった。目覚めたときには見慣れた東京に着いていた。新宿でタクシーを降りて、名刺にあった会社を目指した。

雑居ビルの四階にその会社はあるらしかった。

錆びた戸を叩くと、意外なことに身奇麗な女が現れた。

「どちら様ですか?」

「あの、この方はいますか?」

雅春は名刺を差し出した。

「まだ出社しておりません。お待ちいただけますか?」

なかは意外と整然としていた。革張りのソファに腰掛けるよう言われた。何か違和感があった。

「ここは?」

振り返った瞬間、女がハンカチを口に押しつけてきた。嫌な臭いがしたが、すぐに意識が遠のいていく。罠だと気づいたときには遅かった。それと同時に、罠にかかったのが自分でよかったと雅春は思った。

4

急に肩を揺さぶられた。目が覚めると何かの台に載せられていた。

室内は窓一つないモスグリーンの壁で覆われていた。天井には嫌に明るい照明があった。手術着姿の医師らしき男が三人とその背後には看護婦が一人いた。

すぐに立ち上がろうとしたが、手足が拘束ベルトで固定されていることに気づいた。

看護婦の一人がカルテを読みあげた。

「患者は渡里寿々花、十四歳。戸籍上は牝ですが、生物学上は牡です」

主任医師らしき男が顎の髭を擦りながら目を細めた。

「可愛らしい顔つきだが、美容整形をしておるんか？」

「いいえ、何もしておりません」

「ならば生まれつきの美少年というわけか。なるほど、女になると映える顔の実例じゃな」

医師が顎で合図を送ると、衣服と下着がクーパーで切られていく。

乳白色の乳房と淡く溶けたピンク色の乳首を露になった。コルセットが外されると、ウエストが以前よりさらに括れていた。そのくせ、臀部はむっちりとしていて、太腿も男好きする程よい太さだった。

だが、何より注目を集めたのは純金製の貞操帯だった。

「先生、やっぱり牝ですわ。ここに書かれていますから」

看護婦が土手高の陰阜を指差した。少女よりも白い肌に恥毛が短く生えていた。

「……どうするつもりだ！」

「二度と逃げる気が起こらないように、お坊ちゃんを牝に改造するのよ」

女医がすっと頬を撫でてマスクを外した。その瞬間、雅春は小さな悲鳴をあげた。

「さ、聡美様！」

「よく似てる？　聡美は私の妹なの。私は媛子《ひめこ》。よろしくね。寿々花ちゃんのオッパイを担当するわ」

「な、何をする気なの……」

媛子は少年の双つの乳房を下から持ち上げて、円を描くように揉んだ。さらには乳首の感触も十二分すぎるほど堪能した。

「あ、あんん……変なことはやめてぇ」

口調がつい女言葉に戻ってしまった。

「現在のバストサイズは八十のCカップね。それを八十七のFカップにしてあげるわね。女性ホルモンが効きやすい体質みたいだから、高校を卒業する頃にはきっとHカップくらいにはなっているでしょうね」

「ひぃ、いやぁ！　そんなにお胸が大きく膨らんだら、本当に戻れなくなっちゃう！」

「巨乳中学生は可愛いじゃない。男の子なのにクラスで一番の巨乳ちゃん。女子からは虐められるでしょうけどね」

「あぁッ……お願いです。そんなお胸にしないで。ご主人様、助けてぇ！」

手術室に絶叫がこだました。

「裏切ろうとしてよくそんなことが言えるわね。この計画はすべて輿水様の依頼なの。術後には乳首を徹底的に通電開発してクリトリス並みに敏感な器官にしてあげるわ」

媛子はそう言って美少年の乳首をピンと弾いた。

続いて主任医の老医師と若い医師が手術プランを説明しはじめた。

「女性器整形を担当する高田《たかだ》と助手の依田《よだ》だ。依田くん、患者にプランを説明してあげるんじゃ」

「はい。今回はまず女性器整形の第一回目の手術を行います」

「一回目……」

雅春は聞き間違えかと思った。いや、そうであってほしいと願った。

老医師が腹を擦って話を継いだ。

「最終的には、お嬢ちゃんのお腹で赤ちゃんが作れるように、子宮移植を行う予定じゃ」

「いや、いやぁ、妊娠なんてできるわけないわ。男なんだから」

「ははは、男も今日で終わりじゃ。依田くんそうだろう?」

「はい、睾丸摘出を行いますので、今後は二度と男性ホルモンを作ることができなくなります。これまで以上に女性ホルモン治療が有効になるでしょう」

依田も純朴そうな顔に薄暗い笑みを浮かべた。陰嚢を手のひらで転がしながら、さらに厚ぼったい唇を開いた。

「綺麗な玉袋だね。これなら美少女にふさわしい大陰唇が作れる。これから、最後の射精をして赤ちゃんの種を冷凍保存しておこうね。いずれ、寿々花ちゃんの精子と誰かの卵子を体外受精させて、子宮に戻してあげるからね」

そう言うと横柄な態度で看護婦に指示して、ガラス棒を持ってこさせた。

それは浣腸器の内筒のよう形状をしていた。表面には歪《いびつ》な凹が無数にあった。それを撫でさすりながら依田が説明する。

「これを二週間膣に入れておくんだよ。そうしたら、この凹みに合わせて肉が盛り上がって襞が形成されるんだ。寿々花ちゃんはミミズ千匹どころかミミズ万匹の最高のオナホを持つことになる」

依田の股間が手術着越しに盛り上がっていた。

それを見た高田が言う。

「この男はこんな性格だから、大学病院から追い出されたんじゃ。だが、腕はピカイチじゃから安心するがいい」

「いやいやぁ、私、女の子になんかなりたくない」

「お嬢ちゃんは両性具有になるんじゃよ。ほーら、輿水さんから預かっておいた鍵で貞操帯を外してやろう」

老医師は南京錠の鍵を開けた。貞操帯を外すと、同時にカテーテルが尿道を移動し、尿が鈴口から溢れそうになった。

「あひぃ、オシッコの穴が灼けちゃう」

今までカテーテルを嵌められていたので排尿の快楽が奪われていた。久方ぶりの刺激に粘膜も歓喜の声をあげた。あと少しでカテーテルが抜けるところで、医師が手を止めて焦らした。

「さっき、最後の射精と聞いたと思うが、オシッコもペニスを使うのはこれが最後じゃぞ。これからは女性器からできるように尿道のバイパス手術をする」

「いやーーーッ！」

そんなことをしたら、立ちションができなくなってしまう。

「安心しろ。チ×ポの尿道は前立腺までのは残してやる。これからは、お嬢ちゃんのクリペニスは尿道責めの快楽と、女を歓ばす道具になるんじゃ」

「ああ、それなら、いっそう切断してください」

美少年は喉が裂けそうになって必死に訴えた。

どちらの性にも属さない状態よりは、性転換を受け入れたほうが覚悟が決まるというものだ。学校にも女子として通うことができる。

しかし、その訴えを掻き消す声が聞こえた。

「そんなもったいないことはさせんぞ」

輿水が里桜を連れてやってきたのだ。

「里桜お姉様……あぁ、お姉様も捕まったの!?」

輿水はとたんに嗤い出した。一方の里桜は項垂《うなだ》れている。

「ごめんなさい。寿々花ちゃん……私はあなたを騙したの……私には妹なんていないのよ」

里桜は俯いて泣きながら答えた。

「……え、どういうことなの!?」

その質問を受けたのは輿水だった。

「里桜に愛奴でいたかったら寿々花の忠誠心を調べろと言ったのだ。ひと芝居を打たせたというわけだ」

「ああ、寿々花ちゃん許して……」

里桜は床に崩れ落ちた。それを髪を摑んで輿水が立たせた。

「なぜ、謝罪しているか説明するんだ」

「だ、騙してしまったからです」

「違うだろう。なぜ、そうまでして、寿々花に手術を受けさせようとしたんだ?」

里桜はすっかり凍りついている。

「わしがおまえの考えがわからんとでも思っておったか?」

「……」

「雅春が少年のままだと思いきれないから、その少年を抹殺して、報われぬ恋を永遠の思い出にしたかったんじゃろう?」

「あああッ……」

　里桜は黙ったまま大粒の涙を流した。

「雅春の肉棒をしごいて最後の射精に導いてやれ」

　寿々花は久々の排尿の快楽を味わった。それが終わると、蒸しタオルでペニスを拭《ぬぐ》われた。

　一月半ぶりに解放された肉棒は力強く勃起した。亀頭には〝奴隷〟という文字の凹凸がしっかりと刻まれていた。

　看護婦がそこにコンドームをかぶせた。

　それだけで絶頂に達してしまいそうになる。なんとかそこは我慢できたが、里桜がペニスに触れるとひとたまりもなかった。

「出ちゃう……あ、ああッ」

　封印されていたペニスが待ってましたとばかりに跳ね、ドピュドピュドピュとゴムを破ってしまいそうなほどの勢いで大量の精液を放った。

「最後なんだ。たっぷりと出してやれ」

「はい」

　里桜がさらに萎えることのない肉棒をしごいた。そして亀頭を口に含んでいく。

舌で亀頭冠をくるりと舐めると、白濁液がゴムの下で蠢いた。

「ああ、また、出ちゃう。ああ、里桜お姉様、やめてぇ……」

輿水が乳房を鷲摑みして揉み込んだ。性器にまたも血液が送られた。

「手術の傷が癒えたら、里桜に毎朝、チ×ポを舐めてさせてやろう。これから里桜は寿々花の専属奴隷メイドになるからな」

「え？　里桜お姉様が……奴隷メイド？」

「ご主人様、どういうことですか？」

寿々花と里桜はいっせいに輿水を仰ぎ見た。

「妹を罠に嵌めるような性悪女は奴隷メイドに降格くらいの罰を受けるべきだろう」

「そんなぁ……ご主人様に従ったのに……」

「妹を罠に嵌めながらいけしゃあしゃあと姉面《づら》はできんだろう」

輿水はきっぱり言い放った。

「それにおまえには少々飽きたところだ」

輿水は乳首を抓《つね》り上げながら、雅春に語りかけた。

「ひひひ、女になったら、おまえには逃亡の罰を与えてやろう」

「ああ、お許しください！」

輿水が顎で合図を送ると、里桜は呆然となりながらも肉棒をしごいた。
そして、最後の射精に奉仕したのだった。

第六章　巨乳美少年奴隷誕生

1

寿々花は二週間ぶりに目を覚まし、己《おのれ》の改造された肉体に愕然とした。

鏡のなかには確かに女の子が立っていた。小顔でスタイルのいい美少女がいる。鎖骨や第十一、十二の肋骨が浮かび上がっている。その一方で乳房だけは見事に実っていた。乳房の下部は丸くいかにも柔らかそうで、上部は皮膚が絹のように白光りしている。溶けるように淡い薄桃色の乳輪は小ぶりで清楚だった。乳首も薄皮を一枚、丁寧に剝がしたような瑞々《みずみず》しいピンク色に煌《きら》めいていた。その双つの乳首にはピアスリングが嵌められており、寿々花は自分が奴隷だということを嫌でも思い知らされた。

「いやぁーッ！」

気づくと悲鳴をあげていた。

「立派なオッパイになったな」

背後から輿水が声をかけてきた。

「あああ」

寿々花は女の子のように腕で胸を覆った。

「下半身も素敵でしょ？」

玲央奈が寿々花の恥丘を撫でている。

そこに剃毛の痕があり、青白く「牝」という文字が浮かび上がっていた。

恐るおそるその下を見ると、ペニスが包帯で巻かれていた。

しかし、あるべきところに二つの袋がなかった。

「ああ、なくなってる……私の玉が……」

「可愛い玉だったわよ。袋を切開するとコロッと出てきたわ」

「返してください……」

「泣かないの。ちゃんと女の子になっているじゃない」

玲央奈がペニスを摘まみ上げ、手鏡を差し込んだ。そこには童女のような割れ目があった。真っ白い大陰唇から二枚の舌がちろっと顔を覗かせていた。

本物の女性器にしか見えなかった。大陰唇にはピアスリングが施されていた。

包帯をほどくとペニスが露《あらわ》になった。なんとここにもピアスが尿道口から亀頭の根元へと貫通していた。

「……オシッコができなくなっちゃう」

輿水がそのペニスを擦りながら囁いた。

「尿道のピアスはすぐに外せるようになっておる。そうしないと、おまえが大好きな尿道責めができんだろ？」

「す、好きじゃありません……」

「嘘をつけ。クリペニスをこんなに膨らませおって」

輿水はそう言って亀頭を弾いた。支配者は細い鎖を取り出して、大陰唇のピアスと亀頭のピアスを連結させた。そうすることで屹立していたペニスが無理やり押し倒され、貞操帯の代わりに割れ目を覆った。

「ああ、痛いです。くひぃん」

「さっさとパンティを穿け。退院だ」

寿々花はビキニパンティを穿いた。股間の膨らみは目立たなくなった。だが、妹の

Cカップのブラジャーはサイズが合わなかった。

「やっぱり妹のブラジャーは小さいわね」

玲央奈が嬉しそうに言う。

「ああ、そうだな。さっさと着替えるんだ」

衣服を渡された寿々花は眉を顰《ひそ》めながら輿水を見上げた。

「懐かしい制服だろ?」

それは東京時代の中学のブレザー服だった。もちろん女子用だ。胸が大きすぎてブラウスの胸元のボタンが締まらなかった。

2

車のスモークガラス越しに、東京の見慣れた町並みが見えた。

「ブラウスの前を開けろ」

「……ひッ」

「ほら、さっさとするんだ」

寿々花は言われたとおりにした。豊満な乳房が揺れながらまろびでた。

「暑いだろう。こっちに来い」

「……あ、暑くありません」

「来いと言っているんだ」

そのとたんガラスに胸を押しつけられた。乳房が潰れ、乳首が皮膚にめり込んだ。

「ああッ、お許しください。外の人に見られてしまいます」

「二度と逃げようなんて思わないように、帰る場所などないことを教えてやろう」

車は歩道沿いで速度を落とした。通行人がチラチラと見てきた。

「あのリーマンは絶対に見てたわ。驚いた顔をしてたもの」

嬉々とした声で玲央奈が言う。

「お許しください。もう逃げはしないので」

輿水は寿々花のスカートを捲り上げて打擲を始めた。

「いや、骨の髄まで教え込んでやる」

張りのある尻肉に手を振り下ろした。骨盤が横に拡がってきており、身体が生まれ変わろうとしているのがわかった。

「ここは見覚えがある景色だろ？」

「……ああ……」

「おまえが通っていた学校だ」

名門の蒼河《そうが》学院だった。幼稚舎から大学まであり、裕福な子女が通うことで有名な進学校だった。

「どこかに逃げ込まないようにしないと」

玲央奈がファイルを取り出して見せた。そこには学校の制服を着たままの妹が男に犯されているハメ撮りの無修正写真が貼ってあった。相手には義父も含まれており、さまざまな体位で、パイパン性器にペニスを押し込まれていた。さらにアナルセックスの写真まであった。

「ひどい……」

「あんたの妹は相当なヤリマンだったみたいね。そんな中古女を叔父さまに売りつけようとするんだから舐められたものね」

寿々花は妹の現実を知って頭が沸騰しそうなほどの憤《いきどお》りを覚え、ファイルを引ったくろうとした。

そのとき玲央奈は窓を開け、写真を外に投げ捨てた。

それを顔見知りが拾うかもしれない。

「ああ、何てことを……ひどい」

「ひどいですって？」

いきなり頬を叩かれた。

「ひぃッ……」

「あんたが逃げようとするから、こんなことになるんじゃない」

「ああ、お許しください。もう二度としませんから」

「背中を向けなさい」

玲央奈は寿々花の腕をねじり上げて後ろ手で手錠を嵌めた。スカートを脱がしパンティを奪い、そしてペニスと膣を結ぶ南京錠を外して、ペニスが勃起するまでしごいた。

車は蒼河学院の校門前で停車した。夏休みとは言え、生徒や学生がときおり出入りしていた。輿水は寿々花の首根っこを摑み、再び窓ガラスに乳房を押しつけた。警備員が不審そうな顔で車を覗いた。

「ひぃ、お願いです。もう、車を出してぇ！」

「いや、その格好のままで職員室まで行ってこい」

「ああ、そんなことできません。どのような罰でも受けますから、ここでは勘弁してください」

目敏《ざと》い小学生が車に近づいてきて、寿々花の乳房に気づいた。少年は目を見開き、そばにいる友人に伝えようとするが、相手にされない。

玲央奈が窓を開けようとした。

「お願いです！　やめて！」

「発車しろ。こやつも反省しておるようだ」

さすがにここではマズいと思ったのか、輿水が助け舟を出した。

ほどなく中等部の校舎が見えてきた。二階にある音楽室からコーラス部の歌声が聞こえてくる。

「ここなら人通りが少ないからできるな？」

「ひぃ、丸見えです」

「本気で走れば誰かはわからんだろう」

輿水は躊躇なくドアを開け、寿々花を押し出した。

寿々花の乳房が大きく揺れブラウスがさらに左右に開いた。リボンタイがなければ、肩からずり落ちているかもしれない。

「これ、あげるわ」

妹の凌辱写真が収められたファイルを玲央奈が投げ捨てた。

車からけたたましいクラクションが三度鳴り響いた。

コーラス部の生徒たちが何事かとベランダに出てきた。それと同時に車が発車した。

「ま、待って！」

ファイルから飛び出した十数枚の写真が散乱していた。寿々花はすぐさま写真を拾おうとしたが、後ろ手に拘束されているので、うまくいかなかった。

「スズ？　ねぇ、スズじゃないの？」

妹と仲のよかった少女が窓から顔をのぞかせている。

寿々花は何とかファイルを拾うと、彼女たちを無視してすぐにその場から立ち去った。何枚かの写真は回収できなかった。

ブラウスが風になびき、真っ白い尻が丸見えになった。娼婦顔負けの肉感的な乳房がブルンブルンと上下に踊った。

「いやーッ、裸よ、あの子」

「スズじゃないでしょ」

少女たちの会話が微かに聞こえてきた。

身体が思うように動かない。筋力が低下していたのだ。それに重量感のある乳房のせいでバランス感覚が失われている。

だが、こんな絶望的な状況にもかかわらず、ペニスがムクムクと起き上がろうとする。

生徒の刺すような視線を受けながら、乳房とペニスという両性の象徴を見事に揺らした。

視界が歪んできた。車にあと少しで追いつくかというところで、車が再び発進した。

「待ってください！」

寿々花は悲鳴をあげながら車を追いかけた。

車との距離は三十メートルほどだろうか。しかし、あと少しというところで、車は左折して消えてしまった。そのとき、三人の少女とすれ違った。

「ッ!?」

少女たちは立ち止まり、愕然としている。

寿々花は必死で走りさろうとする。

「ねぇ、ススじゃない？　やっぱりススじゃん！」

運が悪いことに三人娘は同級生だった。富豪の娘の絵里《えり》とその取り巻きたちだ。拝金主義者の馬鹿な少女だった。彼女にしてみれば、妹のような高潔な存在は目障りだった。だから、事あるごとに絵里は妹を貶《おとし》めようとした。灰を連想させる「スス」

と呼ぶのもそのひとつだった。

取り巻きの二人は唖然としている。寿々花の股間に気づいたのだろう。

「絵里ちゃん、アレ」

「ん？」

「あそこに変なものがあった」

「え？」

絵里はようやく気づいた。

「待ちなさいよ、スス！」

なんと絵里が追いかけてきた。

「いやぁ、来ないで！」

「この変質者！　捕まえてやるわ」

「いやぁぁ！」

寿々花は角を曲がり、五十メートル先に停まっている車を目指した。二人の距離はみるみる縮まっていく。

揺れ動く乳房が邪魔で仕方がなかった。

「スス、待ちなさいよ。何か落としたわよ」

いつの間にか写真を落としたようだ。

寿々花は足がもつれそうになった。

またも写真が路上に散乱した。

車の後部座席が開いた。寿々花は必死で車に飛び乗った。同時に車が急発進した。

「これで二度と地元に帰ろうとは思わないだろう？」

「ああ……」

寿々花はぜいぜい呼吸を繰り返すばかりで言葉が出なかった。

「あらあら、ストリーキングで昂奮しっちゃったのかしら？」

「どうやら、こいつは露出狂の気《け》もあるようだな」

叔父と姪の下品な嗤いが車内に反響した。

「手錠を外してあげるわ。でも、まだ終わりじゃないわよ？」

「いやァ……もう反省しました。これ以上恥ずかしいことはやめてください」

「ダメだ。屋敷に帰るまでたっぷりと辱めてやる」

興水がそう断言してからしばらくして、車は高速道路で渋滞に捕まった。

寿々花は蒼河学院の制服を着ることを許された。乳房が大きすぎて服の生地がパツンパツンになった。

「ほら、しっかりと飲め」

利尿剤入りのお茶を飲まされた寿々花はすぐに尿意を覚えた。そう言えば手術をしてからずっとカテーテルだったので、自然排尿をしばらくしていなかったことを思い出した。

「あ、あの……おトイレに……」

「この渋滞だとサービスエリアまではまだまだかかりそうだな」

「ああ、漏れてしまいます」

「ここで粗相をしたら許さないぞ」

「そんなぁ……」

「立ちションをしてこい」

輿水は寿々花を再び車外に放り出した。

尿意が高まった寿々花はよろよろと歩きはじめた。同じく渋滞に巻き込まれた人々の注目を集めていた。

寿々花は路側帯に行きスカートからそっとペニスを取り出した。

背後の視線を意識すると、とたんにペニスが膨らんできた。

(勃起したらオシッコが出せないわ)

しかし、それは杞憂《きゆう》だった。意外なほど簡単に尿道括約筋を緩めることができたのだ。

だが、いっこうに尿が出てこなかった。その代わりパンティが濡れているような気がした。

確かに放尿している感覚はある。内腿に温かい液体が流れた。

「……え？」

寿々花は混乱した。

その瞬間、医師の恐ろしい言葉を思い出した。尿道の位置を変えるバイパス手術を行うと言っていた。

（そんな……まさか……）

ペニスを持ち上げて女性器を覗いてみた。すると割れ目から激しく尿が放出されているのが見えた。

（何てことだ……あああッ……もう本当に女の子になっちゃったんだ）

寿々花はその場で顔を覆って泣いた。

相変わらずスカートが濡れ、夥《おびただ》しい量の聖水が溢れ出ていた。

「これで逃亡の罪が償えたと思うなよ」

輿水は酷薄そうな唇を歪めた。

3

ただ、退院したばかりとあって、屋敷に戻ってからはさすがに休息を与えられた。

八月下旬になって、パーティが執り行われることになった。

専属奴隷メイドの里桜が手伝い、寿々花はパーティドレスを着た。ドレスはコバルトブルーに染められた絹製で小花の模様が刺繡《ししゅう》されていた。だが、オープンバストで縁がフリルとレースで飾られているという衣装がパーティが普通のものと異《こと》なることを示していた。

客間に連れていかれるとすでにゲストがいた。

ソファに腰掛ける輿水の隣でドレス姿の中年女がいた。女は恰幅がよく頰を脂でテカらせ、くせっ毛が額に貼りついていた。悠然と構えるその女の股間には赤いランドセルを背負った少女が顔を埋めていた。彼女が異様なのは黒いラバーマスクで顔を覆っていることだ。

「早く来るんだ」

輿水はすぐに寿々花を呼び寄せた。

「これがさっき話していたうちの愛奴だ……ほら、挨拶をしろ」

「……」

輿水は寿々花のむっちりとした尻を叩いた。

「ひゃい……輿水さまに飼っていただいております寿々花と申します。中学三年生……十四歳……牝奴隷として躾けていただき、このうえない幸せ者です」

寿々花が話すたびに、少女が肩をビクビクと震わせた。

少女が意外と大きいことに気づいた。身長は百六十センチはありそうだった。太腿や腰回りからは女の色香さえ漂っている。早熟な身体に吊りスカートと提灯袖のブラウスはアンバランスなエロスが漂っていた。

中年女の手には鎖が握られ、少女の鼻輪に接続されていた。引っ張るとマスク少女が身を起こした。マスクは鼻と口がくり抜かれていた。鼻には太いリングが嵌められており、豚鼻になるほど吊り上げられていた。

「わたしは松平《まつだいら》。こっちは愛玩奴隷《ペット》の春菜《はるな》ちゃんよ。ペット同士仲よくしてあげてね」

松平はそう言って春菜を寿々花のほうに向けた。

「……」

「膝立ちになりなさい」

「……はい」

春菜は言われたとおりにした。裾の短いスカートが揺れた。

「ブラウスを開きなさい」

「うぅ……どうか許してください……」

「マスクを外してもいいのよ？」

「ああッ、どうか、それだけは……すぐにボタンを外しますから」

春菜は話すときに口をあまり開かないのが癖のようだ。苛烈な調教によって尊厳と自信を奪われたためかもしれない。

少女はランドセルを下ろすとブラウスのボタンを外した。すぐに乳房が露になった。形のいい乳房でDカップはありそうだ。左乳首には名札があった。「横浜市立○○小学校／小学五年生・松平春菜」と記されていた。

「次は下よ」

「……うぅ」

吊りスカートも脱いでいく。

「あッ!?」

寿々花は目を見張った。

春菜の股間を覆っていたのは岩倉《いわくら》製薬が発売している小中学生用の紙オムツだった。パンツタイプではなく乳幼児と同じマジックテープでサイドを留めるタイプだ。

「小娘にはブラジャーよりもオムツのほうがお似合いでしょう?」

「……」

春菜は下唇を嚙みしめている。

寿々花は春菜の憐れな境遇に同情した。再びランドセルを背負った彼女の乳房がベルトで寄せられて前に絞り出された。おそらく小学校にもノーブラで通わされているのだろう。超ミニ丈のスカートからオムツがはみ出ないか常に心配しながら過ごしているにちがいない。

「何をボサッと突っ立っているんだ。おまえもスカートを捲り上げろ」

尻を叩かれた寿々花は数歩前に出た。

松平が舌舐めずりしながら視線を送ってくる。

「大丈夫よ。お嬢ちゃんが元男の子だって知っているわ。どんな持ち物を持っているか見せてごらんなさいな」

それを聞いた寿々花は春菜を見た。

(もしかして、この娘とやれというのかしら？　それとも、このおばさんが相手？)

寿々花は膝を震わせつつ、スカートを捲り上げた。

股間のくり抜かれた革製のパンティから、すでにそそり勃っているペニスが丸見えになっていた。しかし、穴がペニスの直径よりも小さいためにきつく締め上げられていた。寿々花はそこでも苦痛と快楽を同時に味わっていたのである。

「まぁ、中学生にしては立派な逸物だわ。春菜ちゃん、見てごらんなさい」

「……」

春菜は小さく首を振った。

「そうだったわ。マスクで目が見えないのね。じゃあ、お口で確かめなさい」

「そんなぁ！」

一瞬、ピンク色の口内が見えた。寿々花は何か違和感を覚えたが、春菜が慌てて閉じたので、すぐにそんなことは意識から消えてしまった。

「マスクを外す？」

「舐めます……あぁ、お姉さん、春菜におチ×ポを舐めさせてくださいませ」

視覚を奪われた少女は両手を宙に彷徨《さまよ》わせた。

「舐めやすいようにしてあげるわ」

松平は鎖をマスクの頂点についているリングに繋げた。そのせいで、豚鼻を晒しつづけるはめになった。

「いけ！」

輿水に蹴られた寿々花は少女に近づいた。

（あッ……こんなふうにクリペニスを女の子に咥えさせようとしているなんて、まるで男の子みたい……こんなこと初めてだわ）

輿水を見ると、何か言えというように顎をしゃくった。

「……どうか、私のさもしいクリペニスにご奉仕してくださいませ」

寿々花は男役よりも愛奴としての作法を全《まっと》うした。

春菜は恐るおそるペニスに触れてきた。

そして少し躊躇《ためら》ったあと、いきなりパクッと咥えた。

「んんんッ！」

温かい口腔内に寿々花は思わず呻き声を出した。

柔らかい舌が反り返った肉棒に絡みつき、とりおり頬肉が摩擦を加えた。歯茎らしきもので嚙みしめるコリコリとした感触がアクセントとなった。

(これは!?)

寿々花はマスク少女に恐怖を覚えた。

「この子のフェラは格別でしょう。歯を全部抜いて口人形にしたからね」

松平の恐ろしい言葉に寿々花は絶句してしまった。

「昔の遊女は歯を抜いた者もいたようだし、快楽に特化すると抜歯に行き着くのかもしれんが……見栄えがな……」

輿水は淡々と感想を漏らす。

「それなら、入れ歯で対応できますわ」

女主人は春菜のランドセルからプラスチック製のケースを取り出した。

なかには入れ歯が五セットも入っていた。

「どうぞ、触ってみてくださいな」

乳歯の入れ歯が二セット。永久歯の入れ歯が三セットだ。輿水はそれに手を伸ばした。

「おお、何だこの柔らかい歯は?」

「シリコンですよ。もう一つは普通の入れ歯、あとは歯科矯正マニア用の入れ歯よ」

「しかし、どのみち入れ歯は審美的な見地からは邪魔にならんのか？」

「おかしなことをおっしゃいますわ。男の子にあんな立派なオッパイを作っておいて……足し算するだけが美的ではないでしょう。奴隷には引き算のほうが似合うんじゃないかしら」

その言葉に奪われた者たちは震え上がった。

「たしかにそうだな」

松平はタブレットを輿水に差し出した。

「これを見たらもっとわかりますわ」

「ほぉ……これはすごい。同じ娘なのに、ずいぶんと印象が変わるものだ」

輿水が見ているのは、入れ歯によりさまざまに変化する春菜の顔写真だった。頰の膨らみだけでなく、眼の高さも上下するために十歳から十七歳くらいに年齢も変化して見えた。

「ほほう」

輿水はしきりに感心しているが、それが寿々花には怖かった。

一方、舌の動きに酔いしれてもいた。勢いのあまり春菜の喉を突いてしまった。ゴホッと噎《む》せてペニスを嚙まれたが心地いい刺激でしかなかった。寿々花は慌てて腰を引いた。少女の口からドロッと涎が溢れ出た。

「……すみません。吐き出してしまって……どうか、春菜の口マ×コをお使いくださ
い」

「これを入れてしゃぶらせてみてくれ」

「わかりましたわ」

春菜の口に今度はシリコン製の乳歯入れ歯が嵌められた。

それと同時に寿々花は輿水に指示された。

「わしのをしゃぶれ」

「……は、はい」

寿々花は輿水のズボンから恭《うやうや》しく肉棒を取り出すと奉仕を始めた。ヌチョネチョと卑猥な音を響かせながら舐めていく。こうして命令されて動いたほうが安心することができた。

輿水は男役に乗り気でない寿々花の心理を見抜けないわけではないし、何もアクションを起こさないわけもなかった。

「牝犬のように片脚を上げて、その小学生にしゃぶってもらえ」

「そんにゃぁ……ちゅぷ」

口の中で巨大なペニスが力強く跳ねた。

寿々花は観念して片脚を高く持ち上げた。そこに春菜が松平に誘導された。

ヌチュ、チュパ……湿った音が重なりあう。

「春菜にフェラチオを教えてもらうがいい」

「はひぃ……」

寿々花は肉竿に舌が這う心地よさや亀頭を喉奥に呑み込む健気《けなげ》さに感動しながら、同じことを輿水のペニスに行なった。だが、少女の甘噛みだけは絶対に真似できなかった。

「んちゅ、あぁ、お姉さんのクリペニス美味しいです」

シリコン製の乳歯はグミのような柔らかさで肉棒を刺激してきた。少女が懸命に頭を前後に動かすとその乳歯が適度に倒れて激しく摩擦してくるのだ。

「んんんッ」

あまりの快楽に寿々花はパンティのなかに粘液を漏らした。

ペニスの先からはもう二度と先走り液は出なかった。そのからくりを知らない少女は自分の技術が拙《つたな》いと勘違いしたようだ。ますます奉仕が念の入ったものになった。

「ああん、ダメ。そんなに強く吸ったら……んんッ」

寿々花は思わず腰を引いた。

しかし、少女はすぐに追いかけて舌を絡めてくる。

「ダメ……イクゥ！」

突き上げてくる絶頂感のなか、肉棒は虚しく少女の口の中で跳ねた。

革製のパンティのなかにしこたま射精した。成分は何かわからないが、精子が一匹もいない液体が飛び散っていた。

「ッ!! んん……」

チュパ、チュプ、チュパン。

春菜は口の中では何も吐き出されない異変を感じとって動揺した。しかし、寿々花のペニスは事が終わったように萎んでポロッと抜け落ちた。

「どうしてッ!?」

少女は驚きのあまり入れ歯を落とした。

「精液が出ないことに驚いているのか？　その理由を知りたかったらマスクを外せばいい」

「そうよ、その目で確かめればいいじゃない」

「それだけはどうかお許しください……」

春菜は憐れなほど動揺している。

輿水は寿々花の髪を引っ張ってペニスを喉奥まで押し込んだ。

「寿々花も牝犬の格好で小便するんだ。小便がどこから流れるか調べるといい。どうせなら、みんなで小便しよう」

「それなら、あなたもオムツのなかにオシッコなさい」

大人たちは悪乗りしている。

寿々花の口のなかに輿水は本当に放尿を始めた。

目を白黒させながら寿々花は生温かい尿を嚥下《えんげ》していく。

「んんッ……んぷぅ」

「わしの小便が終わるまでに牝犬もさっさとオシッコをしろ」

それに松平が呼応する。春菜を誘導して寿々花の萎えたペニスを咥えさせたのだ。

春菜の舌が恐怖で強《こわ》ばった。

（そこからはオシッコが出ないの。そういう身体になってしまったの……）

寿々花は観念して尿道括約筋を緩めていく。

放尿が始まると革パンティがぷっくりと膨らんだ。容量を超えた小便は太腿に滝のように流れ落ちた。それが少女の手に辿りついた。

「んんんッ?」

「ほら、あんたも大好きなお漏らしをなさい」

松平は少女のオムツ越しに股間を揉み込んだ。

「チュプン……あぁ、出るぅ！　ああんッ」

少女はお尻をブルッと震わせ、放尿を始めた。

その瞬間、松平が少女を寿々花から引き剝がし、太腿を抱《かか》え上げた。

「あああッ……見ないでぇ」

マスクなのに春菜は顔を両手で隠した。

可愛らしい紙オムツがみるみる重たそうに垂れ、失禁を知らせる向日葵《ひまわり》の花が浮かび上がった。

その間も寿々花は輿水の尿道に残っている聖水をチュッ、チュッと吸っていたところ額を小突かれた。

「おまえはオムツを外して舐めてやれ」

松平がオムツを揉むとヌチョ、ヌチャと湿った音が室内に響いた。春菜はあまりの快楽に身を捩っている。

「それだけはやめてぇ！　どれだけ私たちをなぶり者にしたら気がすむの!!　あひぃ

ん」

　歯がないので舌足らずな口調だが意思の強さが窺えた。

（可哀想に……本当はしっかりしたお嬢さんだったはず……それがあのオバさんの嗜虐欲を余計に煽ったに違いないわ。それで歯を全部抜かれて……オムツだなんて惨すぎるわ……）

　寿々花はオムツのマジックテープを外そうとした。

「やめて！　お願いだから！」

「私たち奴隷に……拒否権はないの。さっき舐めてくれたお礼に、今度はお姉さんが綺麗にしてあげるわ」

　オムツを外した瞬間、目の前に異様なものが飛び出した。

「きゃあッ！」

　寿々花は悲鳴をあげた。

　なんと少女の股間にはどす黒い肉棒がそそり勃っていたのだ。サイズは寿々花のものを凌駕するかもしれない。使い込んだのだろう、亀頭は赤く腫れ上がって粘膜が皮膚化していた。

（この子も僕と同じ男だったの？　ああ、でも睾丸がないわ）

ペニスの下には女性の象徴もあった。ピンク色の花唇が瑞々しかった。

「舐めてやれ」

「はい」

寿々花は春菜が拒絶する前に奉仕を開始した。

「あひゃあんッ、くひぃ！　あぁん!!」

春菜の喘ぎ声を聞きながら、寿々花は少女の男性器に違和感を覚えた。

確かに硬度はあるが、表面が柔らかすぎる。まるで中心に芯でも打ち込まれて強制的に勃起させられているようだ。そう思うと疑惑が深まるばかりだ。

（この子、全然男の子っぽくないわ……浮き出ている静脈も何だか柔らかすぎる……でも、すごい感じてる。どこを舐めても感じまくってるわ。全体が性感帯みたい）

ひと舐めするごとに春菜は小さく絶頂するように身体を捩った。

寿々花は決定的なことに気づいた。

（この子……これだけ感じているのに、先走り液がまるで出てないわ。どうして!?）

寿々花は寒気がした。強制的に女の身体にされたにちがいない。しかし、腑に落ちないことが一つある。

（じゃあ、どうして、この子は私のオシッコがペニスから出ないことをあんなに驚いたの……変だわ。どういうことなの？）

寿々花は春菜のペニスを観察した。

「え!?」

驚くことに尿道口がなかった。

女性器では小さな穴がヒクヒクと蠢きながら、滔々《とうとう》と愛蜜を溢れさせている。人工的な女性器にはありえない運動だった。

「お、女の子ッ!?」

春菜はバレたことを悟ったのか、身体を硬直させた。

その瞬間、興水がマスクを一気に外した。鼻輪をつけられた少女の顔がさらけ出された。

時が一瞬止まった。

「嘘だ！　どうして……嘘だろ、こんなの……」

少女は甲高い悲鳴をあげた。

「いやーー、見ないでお兄ちゃんッ!!」

「あああ、寿々花ーーッ！」

兄が妹を呼ぶ声がこだました。

4

寿々花は腰が抜けたようにその場にへたり込んだ。

（いったい何のために……）

憤りよりも絶望感が強かった。

目の前にはショートカットにされた妹がいる。鼻輪を外された妹は、整った顔立ちをした小学生男子のようだ。

（どうして怒りが湧いてこないんだろう……妹がこんな目に遭っているというのに……）

いつの間にか洗脳されてしまったのだろうか。

（……怒ったところでもう何も変わらないことを知ってしまったから……そう、何もかも諦めたの）

目から次々と涙が溢れ出た。

寿々花はよろよろと妹に近づいていった。

「私……もう女の子になったの……」

「ああッ……お兄ちゃん……」

〝姉妹〟が抱き合おうとしたが、その直前にそれぞれの主人が彼女たちの首根っこを摑まえて引き離した。

松平は妹に永久歯の入れ歯を嵌めた。すると妹は顔立ちが精悍《せいかん》な美少年に早変わりした。

「やっぱりそれが一番ね」

松平はランドセルから制服の上着を取り出した。白鷗学園中等部のセーラー服とどこかの学校の男子用シャツだった。

「二人とも自分の制服を着るんだ」

輿水が姉妹に命じた。

(私にもしかして男役をやらせるつもりなの？ まさか、妹と……)

しかし、輿水の悪魔的な計画に逆らえなかった。奴隷は従うほかにないのだから。

先に開襟シャツを手に取ったのは妹だった。

「え？」

「お兄ちゃん……ごめんなさい」

「どういうこと……？」

「わ、私は〝雅春〟なの」

「どういうこと？」

「ああ……お兄ちゃんの戸籍も持っているの」

驚愕の事実が明らかになった。

寿々花の動揺に輿水はすぐさまつけ込んだ。

「おまえも妹の戸籍を使っているだろう？　だから、妹もおまえの戸籍を使って男子校に通っているんだ」

「男子校!?」

「雅春ちゃんは半陰陽という事情で男子校に通っているの。学校ではアイドルよ」

松平がさも嬉しそうに言う。

「あああ、それは言わないで！」

妹の困惑ぶりがそれが事実であることを裏付けていた。

「さぁ、着てみなさい」

「……うぅ、はい」

妹は開襟シャツを身につけた。ボタンを嵌めるのに少し手こずった。男女で逆だからだ。

予想どおり胸の膨らみが目立った。こんな魅惑的な美少女を男子校の生徒たちが見逃すはずがなかった。

「おまえも早く着ろ」

寿々花もセーラー服を着た。

乳房が大きくなりすぎていてひと苦労する。セーラー襟の深い切り込みからは乳房の谷間が見え、胸元はパッツンパッツンになった。服がずれ上がり臍が見えてしまった。

輿水がたちまち寿々花を緊縛していった。後ろ手に縛られ、M字開脚に固定された。乳房を強調するように上下に縄を通され、乳房の谷間にも縄を渡された。そのせいでセーラー服にこりっとした乳首までが浮かび上がった。

天井の滑車から鎖を下ろすと、フックに縄を通して身体を宙に浮かせた。

(この屋敷に来たばかりの頃、ここに吊られていたのは妹だったわ。今度は私なのね……私たち、すごく遠くに来てしまったみたい……)

「雅春ちゃん、いらっしゃい」

松平が猫なで声で妹に話しかけた。

「いやッ……」

「だだをこねるなら、チ×ポをもっと大きくするわよ」

「もうこれ以上は許してください」

「じゃあ、膝の上においで」

がっくりと項垂れた妹は松平の膝の上に座った。そして、言われるまま股を開いた。

妹の規格外の巨大なクリトリスが、天井を仰ぐようにそそり勃っていた。

松平が妹の耳を舐めながら囁いた。

「処女とやるのは初めてだから嬉しいでしょう?」

「いやぁーッ!」

「何が嫌なのよ。義理の父親に犯されるのが嫌だと言うから、それ以上犯されない身体にしてやったのに。それともまた犯されたいと言うの?」

「もう近親相姦は嫌……」

寿々花はピンときた。

蒼河学院で落とした写真のことを。

あれは妹が義理の父親に再び犯された写真だったのだ。

「今度は女を犯せるように男の子にしてあげたのに」

「……そんなこと望んでません……無理やりしたくせに。あひぃ」

「まぁ、口のきき方を知らない子ね」

松平は妹のペニスを強く握りしめた。そしてそれを力任せに曲げようとしている。

「あひぃーーーんッ！　だめぇ、だめぇ、折らないで」

驚くことに妹のペニスが大きくねじ曲がったのだ。

「さすがにゾッとするな」

輿水がおどけて見せた。

「大丈夫ですよ。シリコン棒を入れ替えればまた元通りよ」

芯棒は一度曲げると元に戻らないようになっているらしい。

「ああん、許してください。セックスしますから」

「今度はもっと太くて疣々《いぼいぼ》がついたシリコン棒を入れてあげるわ」

「そんなにおチ×ポを大きくされたら、学校に行けなくなってしまいます」

寿々花は我が身を世界でいちばん不幸だと思っていた。

しかし、妹もそれに負けず劣らず悲惨な日々を送っていたことを知った。

「やめて。もう妹を虐めないで」

寿々花は声を振り絞った。

それを聞いた松平は妹に耳打ちをした。それを妹が復唱する。

「す、寿々花……妹はあなたよ。ヤリチンのお兄ちゃんがおまえを女にしてあげるわ」

「雅春ちゃんのペニスはすごいわよ。ずっと勃起しつづけたまま何度でもイクんだから」

松平は舌舐めずりしながら寿々花のペニスを見た。睾丸を奪われてもまだ膨らんでいる。剝けた亀頭はピンク色で童貞の輝きに満ちていた。一方、人工膣は無垢な少女のように初々しい。だが、大陰唇に取り付けられたピアスが痛々しいものの、アブノーマルな美があった。

とびきりの美少年が童貞のままで、これから処女喪失をする。しかも、相手が実の妹というこれ以上ないシチュエーションだった。

「そろそろショータイムかな」

輿水は滑車をリモートコントロールで操作して、寿々花を妹の真下に移動させた。鎖を軋ませながら下降がはじまった。

「あああ、いやぁ……お願いです。ご主人様に女にしてもらいたいです」

寿々花が必死で訴えた。

「可愛いことを言うじゃないか。だが、今日の相手は私ではない。また、処女膜を再生してやるから安心しろ」

　寿々花は知らないが、普通の処女膜再生は多くて五、六回である。襞が薄いためである。しかし、人工的に造られた寿々花の膣襞は肉厚で何度でも再生できるようになっていた。

　輿水は松平の隣で、雅春となった妹のペニスに潤滑液をたっぷりと塗した。

「怖いッ……怖いわ」

「初体験みんな不安になるものよ」

　寿々花は目の前の現実から逃れようと目をつぶったが、無情にも、雅春の亀頭が割れ目に押し当てられた。

　ぷっくりとした開いた割れ目がゆっくりと拡がっていく。

　寿々花が身を捩ったために、雅春のペニスが膣穴から外れ、寿々花のものと裏筋を擦り合わせることになった。

「あひぃん」

「あくぅ」

　そして割れ目同士が密着した。

　雅春の女性器はすっかり濡れそぼれ、寿々花の身体が再び上昇すると糸を引いた。

「ちゃんと狙わないとダメじゃない」

松平が雅春の手を取り、無理やりにペニスを握らせた。

今度は寿々花の膣口に完全にロックされるよう下降が止まった。

「お願いです。寿々花の処女を奪いたくありません」

「今度外したら許さないわよ」

松平は輿水に目配せをして、少しずつゆっくりと寿々花が下降を始めた。

雅春の大陰唇の花弁が開き、亀頭を呑み込んでいく。

それと同時にチリチリとした痛みが膣内に走った。

「くひぃ、あぁ、やだぁ、あああッ」

ひと思いに処女を奪ってもらえたらどれほど楽だろう。

しかし、じわじわと寿々花の処女が散らされるのだ。

雅春の亀頭が完全に膣内に埋まると、やがて処女膜に押し当たるのがわかった。

ゴムのように弾力のあるそれがゆっくりと押され、膣襞がギチギチと悲鳴をあげる。

「痛い、痛いわ。壊れちゃう……いぎゃ、お願いだから、一気に犯してぇ！」

寿々花は身体がバラバラになりそうな恐怖に襲われた。

（痛い。痛いわ……女の子ってこんな痛い思いをするの？　あぁ、いやぁ！　身体が裂けちゃう！）

　輿水が雅春のペニスを摑んで揺らしてきた。

「あぎゃあああッ、痛い痛いーッ！」

　プチプチと処女膜が破けるのがわかった。

「ああ、そんなに締めつけないで、くひぃー、イクゥ！」

　絶叫した雅春は割れ目から潮吹きさせながら、腰を突き出し一気に処女膜を破った。

　雅春のペニスに一筋の鮮血が流れた。

「これで処女喪失だ」

　満足げに頰を緩めた輿水は寿々花のペニスを擦っている。

　雅春のペニスが半分ほど埋まると再び激痛が走った。

「くひぃ……痛いぃ。ああ、抜いて抜いてェ！」

「もう奥に当たってます」

「あらあら、やっぱり偽物のオマ×コは奥行きが浅いのかしら？」

　松平が訊《き》くと輿水が残酷なことをこともなげに言う。

「実は処女膜は二段階になっていて、二段目のほうが襞が厚くなっているのだ」

「まぁ！　じゃあ、初体験の苦痛を二度も味わうことができるの？」

「そうなるな」

大人たちはケラケラと嗤い合った。

輿水が滑車を停止させたために、寿々花は二段目の処女膜を引っ張られた状態で苦痛をたっぷりと味わうことになった。

「くひぃ……」

「雅春ちゃん、バージンを奪って楽にしてあげなさい」

雅春は女主人の命令に悲しくも従った。抱きかかえられたまま腰を跳ねさせはじめた。

「いぎゃあ、あひぃん」

しかし、伸縮性に富む処女膜はペニスに引っ張られるばかりだった。

グチョグチョと音を鳴らして膣穴が攪拌《かくはん》され、膣口から血が飛んだ。

それでも処女膜が破けなかった。雅春は寿々花を嬲ることに荷担しているような気持ちになった。

「寿々花、ごめんなさい……お願いですから、妹を女にしてあげて」

「ちゃんとできる？」

「はい……妹を女にしてみせます」

松平は膝から雅春を下ろした。

「寿々花……行くわ」

雅春が寿々花を抱きしめた。

（ああ、妹はもう私のことをお兄ちゃんと二度と呼んでくれないんだわ。私はもう寿々花なの……義父に強姦された妹……トラウマを私が引き受けることで妹は雅春として生きていけるのよ）

「お兄ちゃん……私の初めての人になって……」

元少年は実の妹に向かって囁いた。

「ええ、なってあげる。痛いけど我慢するのよ」

「はい」

二人は口づけをして舌を絡め合わせ、乳房を寄せ合った。

（もうオッパイだって私のほうが大きいわ。私は寿々花、寿々花なの。初体験は大好きなお兄ちゃんに捧げるんだわ……こんなに幸せなことはない）

ペニスが処女膜を押しつけられた。その苦痛も舌を貪ることで和らげた。

雅春は寿々花を労《いたわ》るように背中を撫でたり、乳房を優しく揉んだりした。

（私よりよっぽど男らしいわ）

雅春のお腹に力が込められたかと思うと、一気に肉棒を突き立ててきた。

ブチブチと肉が強引に裂かれるような痛みが脳天を揺さぶった。

ついにペニスが未開の地に踏み入った。

するとそれまで苦痛しか感じなかったのに、膣道の奥を突かれたとたん、これまで開発された快楽が容易に炙り出されてきたのだった。それはそこに薄皮を隔てて前立腺があったからである。快楽ポイントを圧迫されて寿々花は疼痛と悦虐の狭間《はざま》で噎《むせ》び泣いた。

「あひぃーん、ああッ。お兄ちゃん、もっと突き上げて」

「奥が感じるのね？」

「ああ、お兄ちゃんのが子宮に当たってる」

子宮はないのに寿々花はお腹の奥が熱くなるのを確かに感じた。

そうすると不思議なことに寿々花の膣穴がキュッキュッと収縮をはじめた。雅春のペニスをこれ以上なく嚙みしめた。

「んひぃ、すごい。寿々花のオマ×コ、すごいぞ。うねりがすごい。ああ、チ×ポがちぎれそうだ」

雅春はすっかり男言葉になって腰を激しくぶつけてきた。

主人たちに見せつけるように、肉棒をいったん引き抜くと寿々花の背後に回り込み、今度はバックで犯しはじめた。

宙に浮いている寿々花は激しく身体を押し出された。しかし、振り子の原理で再び雅春の元に戻ってくる。巨乳をたぷたぷ揺らしながら犯されつづけるのだった。

「お兄ちゃん、私、イッちゃう。イッちゃうわ」

「僕もだ。寿々花のオマ×コが気持ちよすぎるよ」

雅春は寿々花の狭い肉筒の刺激に甘く痺れた。肉便器として松平に奉仕をすることが常だったが、寿々花の肉穴はまるで生き物のように蠢いて本当の快楽を教えてくれている気がする。男の欲望を絞りとることにのみ特化して造られた肉穴で内部は細かい襞がびっしり張り巡らされているだけあって、女性では考えられない名器になっていた。さらに襞にはコリコリとしたコブがあるため、襞が肉棒に吸いつきこれでもかと摩擦してくるのだ。

「ああん、ダメだ。気持ちよすぎて……腰が止まらない」

雅春は寿々花の尻朶を摑むと思いきりピストン運動を開始した。

ねじ曲げられたペニスが出入りするたびに、寿々花の割れ目からは血が溢れ出た。

「私もよ。お兄ちゃんのが中に入っているのがわかるわ。もっと奥まで犯して」

「行くぞ！　おお！」

「イクぅ!!」

両性具有にされた兄妹は互いに最高の絶頂を迎えた。

その後も雅春のペニスは萎えることがなく、体力が尽きるまで互いの身体を貪り尽くすのだった。

それを見ながら支配者たちは満足気に嗤った。

「まるで猿ね」

「今度はもっと処女膜を厚くして痛みを強めるとするかな」

「次はご主人がおやりになるの？」

「ああ、わしが奪ってやる。寿々花には月経がないから、毎月処女喪失を味わわせて女の子の痛みを教えてやらないとな」

「まぁ、それは可哀想ね」

支配者たちが他人事《ひとごと》のように言う。一方、室内ではいつまでも逆転した兄妹奴隷の肉の契《ちぎ》りが行われた。

そのとき二人は心の中で同じことを考えていた。

（もう二度と元の自分には戻れない。このまま生きていくしかない）

何度目かの絶頂に達したあと、力尽きた雅春が寿々花の背中に覆いかぶさっていた。

エピローグ

十月に入った。

「早く来なさいよ」

一時間目が始まる直前、寿々花は玲央奈の背中を追っていた。

「は、はい……」

寿々花はへっぴり腰になって女子トイレに向かった。

股間には純金製の貞操帯が嵌《は》められていた。これまでもっとも小さな貞操帯で肉棒が締めつけられる苦痛を味わっていた。大陰唇のピアスは南京錠で施錠され、週末に三度目の処女膜再生手術を受けていた。

九月半ばに輿水が予告どおり二度目の処女を散らした。犬のように四つん這いになったところを背後から犯されたのだ。そして破瓜の血と白濁液で濡れた肉棒を舐め清めさせられた。

「玲央奈様……お腹が痛いです。生理調教をやめてください」

「女の子はみんなこの痛みを毎月経験しているのよ」

玲央奈はポケットからリモコンを取り出し、「弱」から「中」に変えた。

するとブーンという羽音が腹の奥から聞こえてきた。寿々花は腹を押さえうずくまった。膣奥だと前立腺が刺激されてしまう。処女膜と処女膜の間にローターを忍ばされていたのだ。それが処女膜を刺激して重い痛みを与えていた。今日で三日目だった。

「……くひぃ」

勃起できないのは苦しかったが、それ以上に疑似生理の痛みがつらかった。

「せ、せめて……貞操帯を外してください」

「ダメよ。今日は女の子担当なの」

「……どういう意味ですか？」

言葉の意味がわからなかったが嫌な予感に背筋が震えた。女子トイレのなかにクラスの女子たちが集結していた。

寿々花は個室に誘われた。

扉を開けると和式便器に跨がるように里桜が四つん這いになっていた。生尻が丸見えになっていた。

「……どういうことですか？」

不穏な空気を感じ、寿々花はあとずさったが、誰かに背中を押された。

玲央奈が寿々花のセーラー服を捲り上げ、乳房をさらけ出させた。寿々花のブラジャーは骨組みだけで生地はすべて取り去られていた。

「きゃあ」

寿々花は慌てて胸を隠した。少女たちから湿った嗤いが起きた。

「まったくぶりっ子ね」

「本当よ。もう騙されないんだからね」

少女たちが逃げようとする寿々花のスカートを摑んだ。

「スカートを脱がしてやりな」

「いやぁッ！」

寿々花は瞬く間にスカートを剝ぎ取られ、股間の貞操帯が露《あらわ》になる。

「やだぁ、本当に雅春くんだったの？」

「でも、何だか小さいわ。これなら気づかないわけだわ」

すでに女子たちは寿々花が雅春だと知っているのだ。

「違うわ。私はお兄ちゃんじゃない。寿々花よ！」

「何言っているのよ、こんなものを持っているくせに」

玲央奈と同じくらい意地の悪い杏奈が貞操帯を上下に揺らした。

「くひぃー……本当です。私は寿々花なの……それはクリペニスと言って……」

（ああ……私はもう身も心も寿々花になったんだわ。でも、みんなは女として認めてくれない。これからも責められるんだわ……好きにすればいいわ。何でも言うことを聞く。卑しい牝奴隷としての務めを全《まっと》うするの……）

「でも、こんな小さなもので私たちを満足させられるの？」

杏奈は貞操帯を弾きながら微笑んだ。

「……？」

「今日からセックス解禁ってことよ。この貞操帯のときは女の子専用。クリペニスで割れ目を覆うときは男の子専用」

玲央奈は天辺に巨大なイチゴを模したシリコンの塊《かたまり》を載せた細い棒を取り出した。

それに潤滑液を塗すと、貞操帯の先端から押し込んでいった。

「んひひぃぃ」

寿々花の尿道に細い棒が入り込み、巨大なイチゴが貞操帯に合体した。それにより寿々花の股間には立派なペニスができ上がった。

「里桜で実演しましょうか」

寿々花はかつて淡い恋心を抱いていた里桜とようやく結ばれることを期待した。しかし、挿入しても肉の柔らかさも体温も何一つ伝わってこなかった。

貞操帯の圧迫感が続くだけだった。亀頭のように柔らかいイチゴが潰れるたびに尿道に入り込んだ棒が移動して、寿々花は卑しい快楽を貪《むさぼ》った。

寿々花は女子たちに囲まれながら、懸命に腰を振って夥《おびただ》しいカウパー氏腺液を溢れ出させた。

朝のホームルームが始まる頃には、寿々花が元男子だという噂が広まっていた。

二人の転校生が紹介された。

「北海道から転校してきました。斉藤華英《さいとうはなえ》です」

「僕は双子の弟で、恵《けい》と申します。よろしくお願いします」

北国特有の抜けるような白い肌の美しい姉弟を見ながら、寿々花は二人の未来に暗雲が立ちこめているのがはっきりと見えた。

しかし、だからといって手助けできることは何もなかった。

ローターの振動が強くなり、寿々花はお腹を押さえた。

新しい奴隷たちが早く自分の境遇を受け入れることを願うばかりだった。自分もまた輿水の寵愛《ちょうあい》を失わないように、もっと尽くさねばならぬという使命感が沸き起こるのだった。

その半年後、恵はセーラー服を着て授業を受けるようになり、華英は学業についていけないと判断され初等部の五年生に落第させられた。

寿々花は三姉妹の長女になった。

◎本作品の内容はフィクションであり、登場する個人名や団体名は実在のものとは一切関係ありません。

◉新人作品**大募集**◉

マドンナメイト編集部では、意欲あふれる新人作品を常時募集しております。採用された作品は、本人通知のうえ当文庫より出版されることになります。

【応募要項】未発表作品に限る。四〇〇字詰原稿用紙換算で三〇〇枚以上四〇〇枚以内。必ず梗概をお書き添えのうえ、名前・住所・電話番号を明記してお送り下さい。なお、採否にかかわらず原稿は返却いたしません。また、電話でのお問い合せはご遠慮下さい。

【送付先】〒一〇一‐八四〇五 東京都千代田区三崎町二‐一八‐一一 マドンナ社編集部 新人作品募集係

兄妹奴隷誕生《きょうだいすれいぶたんじょう》 暴虐の強制女体化調教《ぼうぎゃくのきょうせいにょたいかちょうきょう》

著者◉柚木郁人【ゆずき・いくと】

発行◉マドンナ社
発売◉二見書房
東京都千代田区三崎町二‐一八‐一一
電話 〇三‐三五一五‐二三一一(代表)
郵便振替 〇〇一七〇‐四‐二六三九

印刷◉株式会社堀内印刷所 製本◉株式会社関川製本所 落丁・乱丁本はお取替えいたします。定価は、カバーに表示してあります。

ISBN978-4-576-16074-0 ◉Printed in Japan ◉©I. Yuzuki 2016

マドンナメイトが楽しめる! マドンナ社 **電子出版**(インターネット)……**http://madonna.futami.co.jp/**

Madonna Mate

オトナの文庫 マドンナメイト

Madonna Mate